KB077530

MLB
메이저리그

MLB-메이저리그 4
말리브해적 장편소설

초판 1쇄 찍은 날 § 2015년 12월 15일
초판 1쇄 펴낸 날 § 2015년 12월 22일

지은이 § 말리브해적
펴낸이 § 서경석

편집책임 § 한준만
디자인 § 신현아

펴낸곳 § 도서출판 청어람
등록번호 § 제387-1999-000006호
등록일자 § 1999. 5. 31
어람번호 § 제1-2313호

주소 § 경기도 부천시 원미구 부일로 483번길 40 서경B/D 3F (우) 14640
전화 § 032-656-4452 팩스 § 032-656-4453
http://www.chungeoram.com
E-mail § chungeorambook@daum.net

ISBN 979-11-04-90557-5 04810
ISBN 979-11-04-90474-5 (세트)

4

말리브해적 장편소설

MLB

메이저리그

도서출판
청어
람

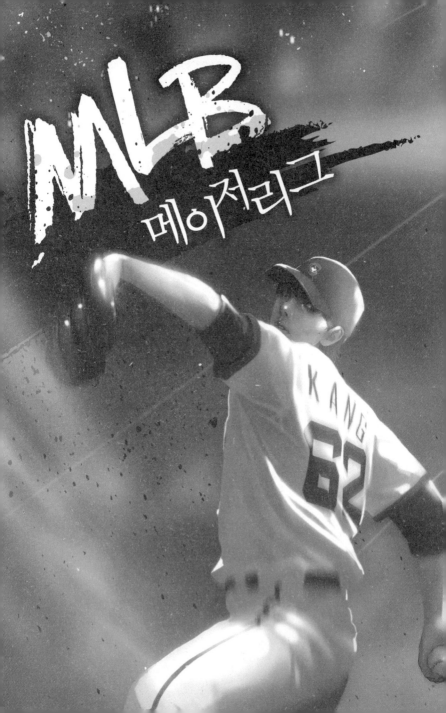

Contents

1. 시작, 마이너리그 III

자고 일어나니 몸이 상쾌하였다. 몸도 가벼운 것이 최상의
컨디션이었다.

핸드폰을 보니 어제 수화에게서 전화가 세 번이나 왔었다.
뭔가 할 이야기가 있어서 걸었나 싶어 서둘러 전화를 했지만
이번에는 수화가 전화를 받지 않았다.

"할 수 없지."

삼열은 가볍게 러닝으로 몸을 풀고 일찍 헤드락필드 구장
으로 갔다. 삼열은 항상 보던 건물이었지만 오늘따라 더 웅장
해 보이는 모습에 은근히 기가 죽었다.

구단 관계자의 말로는 오늘 만원이 될 확률이 높다고 했다. 새로운 선수가 출장하면 티켓 예매율도 높고 관중석이 꽉꽉 들어찬다는 말을 듣고도 삼열은 자신의 귀를 믿지 못했다.

사실 메이저리그 경기도 아니고 더블A팀의 경기를 보러 오는 관중이 있다는 것이 신기할 정도였다.

그동안 매 경기마다 상당히 많은 사람이 보러 온 것을 보고 삼열은 놀라곤 했다.

"하이, 일찍 왔네."

유격수 조 마살이 웃으며 인사를 해왔다. 그는 히스패닉 계열의 백인으로 더블A에서만 3년 동안 있었다. 삼열이 보기에도 그의 실력은 괜찮은 것 같았지만 문제는 들쭉날쭉한 그의 타격이었다.

그는 타율도 괜찮고 장타율도 괜찮았다. 문제는 찬스에 약하고 가끔 결정적일 때 실수를 하는 버릇이 있었다.

그는 이번 확장 로스트에서 트리플A에 올라가지 못해 한동안 실의에 빠졌었다. 하지만 그런 일이 올해만 있었던 것이 아니라서 금방 극복하였다.

삼열이 그와 친했다면 심리 상담을 받아보라는 말을 했을 것이다. 새가슴이었던 존 스몰츠가 심리 상담을 통해 강철 심장으로 거듭난 것처럼 이런 선수들의 문제는 대부분 정신적인 것일 확률이 높았다.

시간이 지나자 선수들이 하나둘 오기 시작했다. 지난번 경기에서 패했기에 오늘은 벼르고 있었다. 상대 팀은 같은 동부 지역 소속의 템파베이 레이스 산하의 더블A 팀이었다.

"어때? 잘할 수 있을 것 같아?"

밥 키퍼 코치가 삼열의 등을 두드리며 물었다.

"네, 문제없습니다."

"오늘은 삼열의 날이 될 것이야."

밥 키퍼는 삼열의 이름을 말할 때 한 템포 쉬고 말했다. 그가 이렇게 하는 것을 보니 자신의 이름에 문제가 있음을 다시 확인하였다. 그렇다고 이름을 바꾸기도 뭐했다.

박찬호의 경우도 미국 사람들은 찬호 박으로 불렀고, 제임스나 프랑크 같은 미국식 이름에 대한 거부감도 있다.

"그냥 성으로 불러주세요."

"그래도 될까?"

강은 미국인들이 발음할 때 '캉'이 되지만 그다지 힘든 발음이 아니라 그렇게 부르도록 하는 게 좋을 것 같았다.

"하이, 삼열 씨. 꼭 승리하세요."

언제 다가왔는지 모르겠지만 삼열은 마리아가 응원을 해주자 웃으며 그렇게 하겠다고 대답했다.

시간이 지나자 삼열은 투수 코치에게 자신의 구위를 확인받은 후에 마운드에 오를 준비를 했다.

"자, 가자. 이제 나의 역사를 쓰자."

삼열은 주먹을 꽉 쥐며 코를 매만졌다. 그에게는 승리할 이유가 있다.

삼열은 더그아웃에서 가득 찬 관중들을 보았다. 오늘은 더블A의 경기임에도 7,400석이 모두 매진되었다.

'부럽군.'

삼열은 한국의 고교 야구 결승전조차 관중이 많지 않았던 것을 기억했다.

그리고 아이들의 손을 잡고 이곳 경기장에 입장하는 부모들의 모습을 보며 삼열은 묘한 설렘과 푸근함을 느꼈다. 그들의 표정에서 정말 경기를 즐기는 모습이 보였던 것이다. 그러다 보니 부모들은 손에 아이들이 좋아하는 음식들을 싸 가지고 올 수밖에 없다.

삼열도 경기를 시작하기 전에 아이들에게 공에 사인을 해주었다. 아이들이 자신에게 관심을 많이 표현해서 좋았다. 구단에서 홍보를 어떻게 했는지 몰라도 아이들이 그의 구속은 물론 어떤 공을 잘 던지는지도 알고 있었다.

삼열은 야구 선수가 대중에게 사랑받는다는 느낌을 받았다. 그가 레드삭스와 계약했다고 해도 냉정했던 수화의 부모들과는 사뭇 다른 반응이었다.

"자, 시작하자고."

알렉산더 알프레드가 삼열의 등을 쳤다. 알렉산더는 도미니카 공화국 출신의 흑인이다. 키는 183㎝로 그다지 크지는 않지만 헬스로 다져진 몸으로 인해 아주 강인한 인상을 풍기는 25세의 선수였다.

아메리칸 리그에 속한 팀과의 대결이라 삼열은 타석에 서지 않아서 좋았다. 투수의 타격 훈련은 더블A와 트리플A가 되어야 비로소 시킨다. 삼열도 타격 훈련은 하였지만 그다지 많이 하지는 않았다. 주로 번트 연습이나 선구안을 훈련하는 데 중점을 두었다.

아메리칸 리그의 투수들은 인터 리그를 하지 않으면 투수가 타석에 서는 일이 없으니 타격 훈련을 강하게 시키지 않는 듯했다.

삼열은 마운드에 서서 호흡을 골랐다. 포수 로드리게스의 인도로 몇 종류의 공을 뿌려보았다. 오늘은 포심 패스트볼의 구위가 가장 좋았다. 그의 공은 빠르면서도 묵직하여 어지간한 스윙에는 타구가 담장을 넘어가지 않을 것이다.

또 컷 패스트볼도 원하는 곳으로 들어갔다. 다만 커브가 밋밋한 게 문제였다. 커브를 제외한 나머지 공들이 모두 직구인지라 삼열은 조금 당혹스러웠다.

'젠장, 커브를 버리고 경기를 해야 하나?'

삼열은 공을 손끝으로 돌리며 생각했다. 어쨌든 상대 팀에게 점수를 많이 얻으면 커브의 구사 비율을 높이고 아니면 직구 위주의 피칭으로 가야 할 것 같았다.

지난 두 달 동안 공을 가지고 논 덕에 이제는 메이저리그의 매끄러운 공에 완벽하게 적응한 상태였다.

상대 팀의 1번 타자는 벤자민 아스터로 제법 까다로운 선수였다. 지난 두 달 동안 삼열이 적응하기 가장 힘들었던 것은 메이저리그의 스트라이크존이었다.

메이저리그는 몸쪽 스트라이크존은 잘 안 잡아주는 대신에 낮은 공은 잘 잡아준다.

삼열은 호흡을 가다듬었다. 그리고 생각했다.

'나는 이곳의 제왕이다. 모든 영역은 나의 지배를 받는다.'

마인드 컨트롤이다. 이런 정신 훈련은 매우 유용한 결과를 가져다주곤 한다.

삼열은 손가락을 공의 실밥에 살며시 가져다 대었다. 그리고 바깥쪽으로 빠르고 낮은 직구를 던졌다. 공이 손끝을 떠나자마자 펑 하는 소리와 함께 주심이 스트라이크를 외쳤다.

벤자민은 포수의 미트에 꽂힌 공을 보고는 다시 투수를 보았다. 생각보다 공이 굉장히 빨랐던 것이다.

"새로운 선수가 좀 한다."

벤자민이 로드리게스 포수에게 중얼거렸다. 로드리게스는 피식 웃었다.

"애송이라고 무시하면 그냥 훅 간다."

"안 무시해."

1번 타자는 어떠한 상황에서도 상대 투수를 무시하면 안 된다. 상대 투수의 구질을 빨리 파악하여 중심 타자들이 투수를 빠르게 공략할 수 있도록 도와주어야 하며, 또 진루도 해야 한다.

다음 공이 가운데로 정확히 들어오자 벤자민은 재빨리 배트를 힘껏 휘둘렀다.

딱.

데굴데굴.

삼열은 자신의 앞에 굴러온 공을 잡아 차분하게 1루에 던져 아웃시켰다. 이번 공은 커터였다.

"젠장."

벤자민은 1루로 뛰다가 더그아웃으로 돌아갔다. 2번 타자가 타석에 들어서는 사이에 벤자민은 주위의 선수들에게 말했다.

"빨라서 구별이 안 돼."

"그래 보이더라."

4번 타자 게르미아가 대답했다. 그러면서 벤자민의 머리를 쓰다듬었다. 수고했다는 의미였다.

삼열의 공을 본 포틀랜드 씨 독스의 선수들 역시 고개를 끄덕이며 만족스러운 표정을 지었다. 재미있는 것은 관중들의 반응이었다. 투수 앞 땅볼로 타자가 물러나자 삼열에게 박수를 쳐주며 격려를 한 것이다.

'나는 마운드의 제왕이다. 나는 이곳의 모든 영역을 제어한다.'

삼열은 다시 마인드 컨트롤을 하며 두 번째 타자를 맞이하였다. 타자가 홈플레이트 앞쪽으로 바짝 다가섰다.

'저 자식이 나의 마구를 경험하고 싶어 하는군. 그렇다면 원하는 대로 해주마.'

삼열은 몸쪽으로 공을 던졌다. 펑 소리와 함께 타자가 뒤로 발랑 넘어졌다.

"스트라이크."

나만 오스터는 벌떡 일어나 주심을 향해 항의하였다. 그게 어떻게 스트라이크냐고. 그러자 주심이 아직도 미트를 내리지 않는 상태로 있는 로드리게스를 손으로 가리켰다. 스트라이크가 맞았다.

"헤이, 애송이. 괜히 다치지 말고 적당히 해라."

로드리게스가 웃으며 이야기하자 나만이 얼굴을 붉히며 고개를 돌렸다. 사실 그는 삼열의 공이 너무 빨라서 제대로 보지 못했다. 하지만 그의 몸을 집어삼킬 정도로 빠르고 무섭게 몸 안쪽으로 공이 왔던 것은 기억했다.

수나 나이가 많은 베테랑들이 대부분이다. 그에 반해 더블A
는 주로 아래에서부터 올라온 선수들이 많다. 따라서 더블
A 리그에서 메이저리그로 바로 올라가는 선수들도 간혹 있었
다.

사실 고교 야구에서부터 걸리적거리는 것은 참지 못하는
삼열의 버릇이 포틀랜드 씨 독스의 경기에서도 나타났다.

타자는 정당하게 자신의 영역에서 타격하라는 것이었다. 그
것을 벗어나면 투수는 불리한 게임을 해야 하기 때문이다. 그
정도가 심하면 주심이 제지를 하겠지만 그때까지 투수는 말
도 못 하고 끙끙거려야 한다.

삼열은 생각했다.

'난 월터 존슨처럼 바보 같은 짓은 하지 않아. 그만큼 대단
하지도 않지만 말이지.'

월터 존슨은 몸쪽 공을 던지지 않고도 417승을 거두었지
만, 오늘날 그렇게 하였다면 그 반밖에 승리를 거두지 못할 것
이다. 확실히 그가 활동하던 시기보다 타자들의 실력이 엄청
나게 발전했고 공의 반발력은 갈수록 향상되고 있다.

과학이 발전하는 만큼 축구공의 반발력이 좋아지는 것처럼
야구공도 마찬가지였다. 그러니 얍삽한 놈들을 가만두면 투
수의 어깨는 혹사당할 것이다.

"헤이, 베이비. 오늘 죽이던데."

"하하, 나만 믿어. 그쪽 외야로 공이 가는 일은 없을 테니까."

"오우, 평상시 말이 없어 벙어리인 줄 알았더니 아니었군. 사과하지."

프레일리 게일이 삼열을 놀리려다가 생각보다 대차게 나오자 즉시 사과했다. 미국 사회에서 겸손해서는 안 되는 게 이런 이유다. 겸손한 의미로 못한다고 말하면 진짜 못하는 줄 알고 무시하기 시작한다.

그런데 삼열은 천재적인 머리를 가지고 있고 성격조차도 원래 괴팍했다.

쉽게 주눅이 들 성격이 결코 아니다. 대광고에서 왕따를 당하자 오히려 전교생을 왕따를 시킨 인물이다. 메이저리그라 해서 결코 달라질 그가 아니었다.

1번 타자 스티븐 워스가 7구 끝에 삼진으로 물러나자 레이 곤잘레스가 더그아웃을 향해 엉덩이를 두들겼다. 그러자 프레일리 게일이 즉각 욕을 했다. 아마도 둘이 앙숙인 것 같았다.

"하하하. 레이, 저녁에 우리 방에 와라. 네 엉덩이에 방망이를 꽂아줄 테니."

레이 곤잘레스가 덥수룩하게 난 수염을 손으로 만지며 타석으로 들어갔다. 그리고 그는 초구를 치고 1루로 진출했다.

그러자 프레일리가 침을 바닥에 뱉고는 '선 오브 비치'를 부르짖었다.

"오우, 저 엉덩이가 한 건 했군. 프레일리가 열 받겠어."

3번 타자 알렉산더 알프레드가 우중간을 꿰뚫는 안타를 쳐서 1사 1, 3루가 되었다. 4번 타자 톰 신벌이 방망이를 풍차 돌리듯이 돌리면서 타석에 들어섰다. 그리고 투수를 향해 윙크했다.

투수 오스왈츠 게레로는 껌을 씹으며 그를 바라보았다. 그는 히트 바이 어 피치 볼을 잘 던지는 것으로 유명했다. 그가 눈을 찡그리자 톰이 바로 미안하다는 표정을 지었다. 그 모습을 본 로드리게스가 웃으며 말했다.

"저 톰이 쫄았군. 너희도 조심해. 오스왈츠는 히트 바이 어 피치 볼을 던져도 항상 타자의 머리로 던져. 물론 강속구를 던지지는 않지만 맞으면 바로 의식을 잃어버릴 정도의 충격은 받으니 알아서 하라고."

사실 데드볼은 의도적으로 던지는 경우도 가끔 있다. 기 싸움에서 밀리면 끝인 라이벌전에서는 유독 더 많이 그런 일이 발생한다.

사과했음에도 불구하고 결국 톰 신벌은 몸에 볼을 맞고 쩔뚝거리며 1루로 걸어갔다.

1사 만루의 찬스에 프레일리 게일이 파울 플라이로 아웃되고 나서 6번 에드릭 시버가 투수 앞 땅볼로 물러났다. 로드리게스가 자신의 앞에서 공수 교대가 되자 안도의 한숨을 내쉬었다.

삼열은 그 모습을 보고 저 사람은 정말 새가슴이라고 생각했다.

'참, 저 좋은 기회를 두려워하다니. 얼마나 좋아? 적당히 쳐도 타점은 올릴 수 있는 기회였는 데 말이야.'

삼열은 마운드로 걸어 올라갔다. 그러면서 한국말로 누구도 알아듣지 못하게 중얼거렸다.

"나는 마운드의 제왕이다. 이곳은 나의 통제를 받는 곳이다."

삼열은 4번 타자를 외야 플라이로 잡고 5번 타자를 1루에 진루시켰지만 1루는 신경도 쓰지 않고 타자만 상대했다. 결국 5번 타자 피터 젠슨은 2루 도루에 성공했지만 6번 타자와 7번 타자를 삼진으로 잡을 수 있었다.

"오우, 우리 베이비 성질 있네. 바로 삼진으로 잡아버리네."

더그아웃에서 타자들이 삼열을 가지고 낄낄거리며 놀렸다. 삼열은 자신을 놀리는 선수들을 보고 말했다.

"이기고 싶지 않아?"

삼열이 정색하고 말하자 순식간에 분위기가 무거워졌다.

"어이, 미안. 우리는 승리를 원해. 안 그래도 지난번에 엄청나게 깨지고 왔다고. 그러니 부탁해."

스티븐 워스가 삼열을 보고 말했다. 나머지 선수들도 모두 동조하는 듯 고개를 끄덕였다. 삼열의 눈동자에 광기가 나타난 것을 보고서야 비로소 선수들은 이 녀석은 또라이구나 하고 짐작했다.

올해 포틀랜드 씨 독스의 성적은 좋지 않았다. 더블A 리그의 성적도 이들에게는 매우 중요했다. 삼열처럼 언제든지 메이저리그로 직행할 수 있는 처지가 아니었다.

이들 중에는 루키 리그부터 올라온 선수도 있었고 싱글A에서 시작한 사람도 있었다. 삼열처럼 더블A에서 시작한 사람은 단 하나도 없었다.

삼열이 더블A부터 시작한 것은 구속이 156㎞/h에 이르고 제구도 제법 잘되었기 때문에 가능한 것이었다. 150대 후반을 던지는 투수는 제구만 된다면 지금 당장 메이저리그에서도 통할 수 있다. 문제는 경험이다.

삼열은 괜한 것으로 문제를 만들 생각은 없었지만 그렇다고 무시를 당할 생각 역시 전혀 없었다. 똘기를 한번 보여줄 필요가 있다고 삼열은 생각했다.

'누구도 나를 무시하지 못하게 만들겠어.'

이곳은 프로다. 실력으로 인정받는 곳이다. 나이가 어리다는 것으로 무시를 받을 이유가 하나도 없었다. 승리를 원한다

면 같은 팀원인 자신에게 예의를 지켜야 한다고 삼열은 생각
했다.

7번 타자 로드리게스가 안타를 치고 나갔다. 그런 걸 보면
타격 감각이 그다지 나쁘지 않았다. 게다가 그는 투수 리드도
잘하는 편이었다.

'새가슴만 고치면 어떻게 될 것 같은데.'

삼열은 그런 그를 이해할 수 없다. 항상 죽음을 옆에 달고
살아왔던 그에게는 두려워할 것이 전혀 없었다. 지면 지는 것
이다. 다음에 이기면 그만이다. 언제나 이길 수는 없으니까.
죽는 것보다 심각한 것은 없다.

승리를 통해 얻는 것은 적고 실패를 통해서 얻는 것은 많
은 법이다. 그래서 현명한 사람은 실패를 두려워하지 않는다.
오히려 시도하지 못하는 것을 두려워한다.

8번 타자 마틴 제로니아가 안타를 치자 로드리게스는 2루
를 돌아 3루까지 달려가 세이프가 되었다. 포수치고는 로드리
게스의 주력은 상당히 좋은 편이었다.

"1점이야 내겠지."

삼열의 말대로 2회에는 1점밖에 내지 못하고 공수 교대가
되었다. 9번 타자가 외야 플라이로 1점을 얻고는 스티븐 워스
가 병살타를 친 것이다.

삼열은 그제야 왜 포틀랜드 씨 독스가 올해 승률이 높지

않은지 이해가 갔다. 이 팀의 타자들은 집중력이 부족했다. 매회 진루를 하고 득점 찬스를 맞았지만 번번이 놓치곤 했다.

'젠장, 커브를 시험할 기회가 없잖아.'

삼열은 커브 각이 밋밋하여 지금과 같은 박빙의 승부에는 사용할 수가 없다. 결국은 커터와 투심 패스트볼, 그리고 배운 지 얼마 되지 않은 체인지업을 믿어보는 수밖에 없게 되었다.

삼열은 2회까지는 포심 패스트볼과 커터 위주로 던졌다. 아직 타순이 한 바퀴도 돌지 않았다. 8번 타자 코마 젠슨부터였다.

코마 젠슨은 하위 타선이지만 강속구에 상대적으로 강한 타자였다. 이는 그의 팔목 힘이 강하다는 것을 의미한다.

타자에게 팔목의 힘은 굉장히 중요하다.

양키스의 포수 요기 베라가 선구안이 무척이나 나빴지만 통산 0.285의 타율을 유지할 수 있었던 것도 손목의 힘 때문이었다. 그는 심지어 얼굴 높이로 날아오는 공을 쳐서 안타를 만들기도 했다.

'그래, 이런 타자에게는 정직한 공은 좀 무리가 있지.'

삼열은 선구안이 나쁜 타자에게 좋은 공을 줄 생각이 없었다. 그는 공 한 개 정도 빠지는 투심 패스트볼을 던졌다. 역시나 배트가 바로 따라 나왔다.

딱.

2루수를 넘어 중견수 앞에 떨어졌다. 빗맞은 안타였다. 사실 이런 공은 중견수가 잡아야 정상이다. 체공 시간이 상당히 길었기에 당연히 아웃이 되어야 정상이었는데 에드릭 시버가 실수했다.

"참나, 이거 뭐 동네 야구도 아니고."

삼열은 피식 웃었다. 투수가 실수할 수 있듯이 수비도 마찬가지다. 여기서 흔들리면 자신만 바보 되는 것이다.

'아직 많은 타자가 남아 있으니 괜찮아. 나머지 타자를 잡으면 되지.'

타자는 병살을 치고도 주눅이 들지 않아야 좋은 선수가 될 수 있다. 마찬가지로 투수도 홈런을 맞아도 담담해지는 법을 배워야 한다. 실수에 연연하면 결코 좋은 성적을 거둘 수 없게 된다. 멘탈이 붕괴되면 쉽게 슬럼프에 빠지게 되기 때문이다.

삼열은 호흡을 고르고 다음 9번 타자를 상대하였다. 3구째 만에 타이드 드로는 배트를 휘둘렀다.

삼열은 공이 머리 위로 넘어가는 것을 힘껏 뛰어올라 잡았다. 뻗은 글러브 끝에 간신히 공이 걸렸기에 삼열은 재빨리 왼손으로 글러브를 닫았다. 이런 경우를 한 번 겪어 보았기에 어떻게 해야 하는지 잘 알았다.

그리고 1루를 보니 1루 주자인 코마 젠슨이 2루로 뛰다가 귀루를 하지 못하였다.

삼열은 재빠르게 1루로 공을 던져 아웃을 잡았다. 결국 타이드 드로의 타구는 병살타가 되었다.

'이렇게 내가 해결하면 되지, 음하하하.'

삼열의 기가 막힌 수비에 다시 관중석에서 환호와 함께 박수가 터져 나왔다.

처음 등판하는 그를 격려하는 모습들이 눈에 보였다. 이런 환호와 격려가 언젠가는 비난으로 변할 수도 있지만 첫 등판을 하는 햇병아리 투수를 격려해 주는 모습은 아무리 보아도 기분 좋게 느껴졌다.

팬들은 자신들이 좋아하는 팀이 시합에서 이기기를 원하고, 또 좋은 플레이를 해주기를 바란다. 그러니 이렇게 아이들을 데리고 온 가족이 경기를 관람하는 것이다.

삼열은 관중의 환호에 보답하는 의미로 하트를 만들어 관중석에 던졌다. 그러자 관중석에서 더 큰 박수가 터져 나왔다.

"하하하, 저 어린 투수가 재미있군."

"그러게 말이야. 한국 출신의 투수인데 저번의 그 일본 투수보다는 확실히 재미있는 성격인 것 같아."

"아빠, 나 저 형아 팬 할래."

"그거 좋은 선택이구나. 그러면 이제부터 저 투수가 하는 기록들을 지켜보고, 잘할 때는 지금처럼 박수를 쳐 주고 못할 때는 격려를 해주렴."

"네, 아빠."

어린 소년이 대답하자 아버지가 그의 머리를 쓰다듬었다.

삼열이 관중석을 한참 바라보자 주심이 주의를 줬다. 그러자 같은 팀의 선수들조차 웃음을 터뜨렸다.

"헤이, 베이비. 힘내라!"

레이 곤잘레스가 다시 엉덩이를 만지며 소리쳤다. 삼열은 그 모습을 보고 레이가 게이가 아닐까 하는 생각을 했다.

삼열은 1번 타자 벤자민 아스터가 타석에 서자 다시 공을 던졌다. 빠른 볼이 낮게 들어갔다.

펑.

"스트라이크."

벤자민은 고개를 절레절레 흔들었다. 다시 공이 날아오자 그는 배트를 정신없이 휘둘렀다. 그러나 아까와 같은 궤적을 가지고 오던 공이 밑으로 뚝 떨어지면서 느리게 날아왔다.

펑.

"스트라이크."

"젠장! 빌어먹을!"

빠른 공만으로도 정신이 없는데 상대 투수가 이제는 체인지업까지 섞어서 던졌다.

'좋아!'

삼열은 원하는 대로 공이 포수의 미트에 꽂히는 것을 보고 용기를 얻었다. 그는 천천히 와인드업하고 공을 던졌다. 손가락 끝에 걸리는 느낌이 유난히 좋았다.

그의 손을 떠난 공이 빠르게 날아갔다. 벤자민이 배트를 힘껏 휘둘렀다.

펑.

"스트라이크!"

이번 공은 투심 패스트볼이었다. 타이밍과 구위에서 완승이다.

삼구 삼진으로 삼열은 가볍게 3회를 마쳤다.

그 모습을 더그아웃에서 보고 있던 선수들이 환호성을 질러대었다.

"오호, 저 애송이 이제 보니 굉장하군. 그런데 왜 지금까지 등판을 안 한 것이지?"

삼열은 아직도 체인지업의 기복이 심했다. 오늘은 연습구를 던질 때 제구가 잘되어서 과감하게 던진 것이다.

삼열이 더그아웃에 들어오자 동료들이 박수를 쳐 주며 등을 두드렸다.

확실히 야구를 하는 매너가 좋았다. 개인적으로 보면 개성들이 강해 반목하는 경우도 제법 있지만 이렇게 팀 경기를 할 때는 적절한 룰을 지켜주는 것 이다

"헤이, 베이비. 굿 잡. 엄청났어!"

스티븐 워스가 삼열의 등을 두들기며 연신 '그레이트'를 외쳤다. 자신들보다 어린 열아홉 살짜리 소년이 능구렁이같이 마운드를 지켰고, 상대 타자들은 모두 나가떨어졌다.

3회는 포틀랜드 씨 독스의 3번 타자 알렉산더 알프레드부터 타순이 시작된다.

알프레드는 1회에도 안타를 쳤기에 자신감을 가지고 타석에 들어섰다.

그가 타석에 서자 마자 오스왈츠 게레로 투수가 공을 던졌다. 알프레드가 빠르게 배트를 휘둘렀다.

딱.

타구가 3루 쪽의 외야로 빠르게 날아갔다. 알프레드는 2루까지 뛰다가 말았다. 펜스를 맞고 나온 공을 우익수가 재빨리 잡아서 처리했기에 더 이상 뛰지를 못한 것이다.

무사 2루에 4번 타자 톰 신벌이 타석에 들어섰다.

'×발, 4번 타자 체면 좀 세워라.'

삼열은 왜 톰 신벌의 이름을 생각하면 욕이 연상되는지 알

수 없었다. 왠지 그를 보면 ×발이라는 소리가 쉽게 나왔다.

톰 신벌이 3구째에 날아오는 직구를 보고 스윙했다.

딱.

맞는 순간 요란한 소리가 났다.

"와아!"

"오우, 홈런이네."

삼열은 좀 전에 속으로 욕한 것을 취소했다. 톰 신벌이 필요할 때 한 방을 때린 것이다.

마운드에서 오스왈츠 게레로 투수는 고개를 떨구었다. 그의 올해 성적은 7승 9패에 방어율 3.45를 기록 중이었다. 시즌 초기에는 승승장구했다. 하지만 후반부로 들어서면서 체력이 떨어져 연패를 당하기 시작했다.

알렉산더가 더그아웃으로 들어오고 톰 신벌이 들어오자 모두 일어나서 그를 맞이하였다. 삼열도 그를 환영했다. 이제는 3점 차이니까 커브를 던질 수 있는 여지가 생겼다. 기분 좋은 일이다.

상대 투수가 흔들리기 시작하자 빌빌거리던 포틀랜드 씨독스의 선수들의 눈빛이 야수처럼 변하기 시작했다. 결국 그는 3회를 넘기지 못하고 강판당했다.

그는 아웃 카운트 하나 잡고 4실점을 하고 내려갔는데 후속 투수가 다시 1실점을 하는 바람에 그것마저 그의 실점으로 기록되어, 그는 2와 3분의 1이닝을 던지고 6실점을 하게 되었다.

3회를 맞이한 삼열은 6실점이라는 큰 점수 차이에 안심하고 커브를 던졌다.

"젠장, 빌어먹을!"

삼열은 던지자마자 불평을 터뜨렸다. 처음으로 던진 커브가 밋밋하게 날아간 것을 느꼈기 때문이다.

딱.

"젠장, 뭐 이래."

삼열은 뒤도 돌아보지 않았다. 그 소리는 공이 담장을 넘어가는 소리였다. 삼열은 태연하게 누상을 돌고 있는 타자를 지켜보았다.

나만 오스터는 홈런을 치고 동료들의 축하를 받으며 더그아웃으로 들어갔다.

"젠장, 이렇게 되면 어렵게 가겠군. 커브를 한 번 더 던져봐?"

이번에는 상대 타자들의 투지를 뺏어야 할 필요성을 느꼈다. 삼열은 아직도 자신의 최고 구속으로 던지지 않고 있었다.

'맞혀 잡자. 괜히 힘을 빼지 말자.'

삼열은 3번 타자가 타석에 서자 와인드업하고 공을 던졌다.

펑.

포심 패스트볼이 낮게 들어가자 타자는 배트도 내밀지 못하고 스트라이크를 당했다.

"와우!"

"엄청나게 빠른데."

낮게 들어오는 공을 제대로 공략하려면 어퍼스윙을 해야 하는데 공이 너무 빨라서 몸이 제대로 반응하지 못했다. 파더만 제이는 낮게 제구되면서도 빠른 삼열의 공에 적응하지 못했다.

'젠장!'

지금과 같이 낮게 들어오는 스트라이크는 메이저리그의 수위타자라 하더라도 쉽게 칠 수 없는 공이다. 공이 정확히 무릎 높이에서 바깥쪽으로 꽉 채워서 들어갔다.

그런데 이렇게 낮은 공을 어퍼스윙하려면 팔이 길어야 한다. 그게 아니면 배트를 툭 하고 밀어야 하는데, 그렇게 되면 엉덩이는 뒤로 빼고 배트만 앞으로 갖다 대야 하기에 공을 친다고 하더라도 내야 땅볼이 될 수밖에 없다.

삼열은 정신을 집중했다. 비록 더블A 팀이지만 조금만 방심하면 바로 홈런을 맞을 수 있는 곳이 이곳이다. 그리고 이번 경기가 자신의 데뷔 경기이기에 좋은 이미지를 구단과 팬들에게 보여야 했다.

"난 이곳의 제왕. 누구도 내 공을 칠 수 없다."

삼열은 작게 중얼거리며 공을 던졌다. 공이 빠르게 날아가 포수의 미트에 비수처럼 꽂혔다.

펑.

"스트라이크."

공이 타자의 앞에서 바깥쪽으로 뚝 떨어지면서 휘어져 들어갔다. 타자는 직구 타이밍에 배트가 나왔다가 변화하는 공의 궤적을 맞히지 못하고 말았다. 삼열은 제3구 역시 몸쪽 낮은 직구로 스트라이크를 잡았다.

삼열이 두 손을 높이 하고 손가락 세 개를 들었다. 삼구 삼진이라는 의미였다. 인플레이가 아니고 이렇게 끝난 상황에서의 모션은 심판의 제지를 받지 않는다.

그래도 대부분 투수는 다음 공을 던지기 위해 집중을 해야 하므로 삼열과 같이 산만한 행동은 하지 않는다. 하지만 삼열은 불같은 강속구를 던지면서도 혼잣말로 중얼거렸다. 한국말로 했기에 무슨 말을 하는지 알 수 없지만 사람들은 그가 수다스럽다고 생각할 만했다.

삼열은 끝없이 마인드컨트롤을 했다. 하지만 아무리 삼열이 강심장이라고 해도 오늘 경기는 그가 처음으로 프로에 데뷔하는 선발경기이기 때문에 무척이나 긴장되었다.

삼열이 9번 타자 타이드 드로를 투수 앞 땅볼로 잡고 1번 타자를 외야 뜬공으로 잡자 관중석에서 다시 박수가 터져 나왔다.

관중석에서는 19세의 어린 투수가 홈런을 맞은 뒤에도 침착하게 이닝을 마무리하자 매우 놀라워했다.

더그아웃으로 들어오는 삼열의 등을 두드리며 알렉산더가 말했다.

"시합 중에 뭘 그렇게 중얼거려?"

"웬 관심이야?"

"하하, 너 이번 이닝 굉장했어."

"우리 귀염둥이가 알고 보니 굉장한걸."

모두 삼열이 홈런을 맞았어도 침착하게 이닝을 마무리한 것을 칭찬했다.

대체로 투수가 홈런을 맞으면 충격을 받아 투구 밸런스가 흔들린다. 이때 또다시 한 방만 더 맞아도 무너지는 것은 순식간이다. 그런데 삼열은 그러한 심리적 동요를 극복하고 상대 타자를 삼자범퇴시켰다.

삼열의 입장에서는 홈런을 맞은 것이 이번이 처음도 아니었고, 또 투수로서는 언제든지 맞을 수 있는 것이 홈런이다.

그 어떤 위대한 투수도 홈런을 맞지 않는 투수는 없다. 투수는 홈런 맞는 것을 일반 안타를 맞는 것과 동일하게 생각해야 한다. 그래서 홈런도 안타라고 기록하지 않는가.

삼열은 다양한 구종을 개발해야 할 필요성을 느꼈다. 다른 것도 아니고 하나 있는 커브가 제구가 안 될 줄은 꿈에도 생각하지 못했다.

제구가 안 되는 데에는 특별한 이유가 있는 것은 아니다. 그날 컨디션에 따라, 아무런 이유 없이 그냥 안 될 뿐이다. 그래서 투수는 어떠한 상황에서도 제구가 제대로 되도록 더 많은 훈련을 해야 한다.

삼열은 입가에 미소를 지었다. 역시 실패를 통해서 깨닫는 게 많았다.

홈런을 맞지 않았다면 자신의 경기 운영 능력에 자신감을 가질 수는 있어도 이런 깨달음은 없었을 것이다.

이후에도 포틀랜드 씨 독스의 타자들이 점수를 2점이나 뽑았기에 삼열은 간간이 커브를 던졌다. 커브는 스트라이크를 잡으려고 던진다기보다는 그냥 타자의 눈을 현혹시켜 직구의 구속을 더 빠르게 느끼게 하는 용도였다.

7회가 되자 밥 키퍼 투수 코치가 삼열에게 더 던지겠냐고 물었다.

삼열은 당연히 그러겠다고 대답했다. 이제까지 공을 63개밖에 던지지 않았다. 이런 경우 삼열이 그만 공을 던지겠다고 하면 별로 좋지 못한 평가 보고서가 위로 올라갈 것이다.

투수에게 중요한 것은 승리에 대한 열망이다. 그런데 더 던질 수 있는데도 불구하고 마운드에서 내려오면 구단 관계자에게 좋지 않은 평가를 받게 될 것이다.

구단에 올리는 보고서에는 승패나 방어율과 같은 객관적인 것만이 아니다. 감독의 개인적인 평가도 중요한 요소다. 그리고 때로는 감독의 이런 상대적인 평가가 더 중요하게 작용한다.

루키 리그를 비롯하여 트리플A의 선수 관리는 모두 메이저리그의 구단에서 일괄적으로 한다. 선수의 트레이드나 선수 영입 등을 해당 리그의 구단이 아니라 메이저리그에 속한 구단이 관리하는 것이다. 레드삭스가 일곱 개의 마이너리그 팀을 모두 관리하고 있었다.

삼열은 7회에 마운드에 올랐다. 홈런을 허용하여 1실점을 했지만 그다지 신경 쓰지 않았다.

그는 원래 그런 것에는 무관심한 편이었지만 지금은 커브가 아직도 제구가 안 되어 체인지업으로 대체하다 보니 겪는 어려움이었다.

4번 타자 게르미아를 향해 투심 패스트볼을 던졌다. 역시나 빠른 공에 적응이 되었는지 타이밍을 맞춰 배트가 나왔다. 하지만 공은 다행히도 빗맞았다.

딱.

데굴데굴.

삼열은 뛰어가 공을 잡아 재빠르게 1루에 송구하였다.

원 아웃.

공 두 개로 아웃 카운트를 잡았다. 강속구 투수의 장점이 이것이다. 타자들이 여유를 가지고 공을 기다릴 수 없다는 것.

비슷하다 싶으면 바로 배트가 나와야 한다. 그렇지 않으면 타자는 스탠딩 삼진을 당하게 된다.

제구라도 안 되면 기다려서 볼이 되기를 바라는 요행을 기대할 수 있겠지만, 제구가 잘되는 투수에게는 그것도 불가능하다.

관중석에서는 벌써부터 승리를 축하하는 분위기가 되어 포틀랜드 씨 독스의 응원가가 흘러나왔다. 삼열은 관중석을 한 번 바라보고 환한 미소를 지었다.

5번 타자 피터 젠슨이 안타를 치고 1루에 나갔지만 다음 타자가 또다시 병살을 당해 삼열은 가볍게 이닝을 마무리했다.

삼열은 오늘 투구가 대단히 만족스러웠다. 커브를 던지지 않고도, 또 설혹 던진다 하더라도 버리는 공으로 던지는데 이렇게 상대 타자들에게 먹혀들어 가니 말이다.

"헤이, 귀염둥이. 이러다가 완투하겠는데?"

"정말이네. 이 녀석 공을 72개밖에 안 던졌군."

에드릭 시버가 전광판에 삼열의 투구 수가 기록된 것을 보고는 소리쳤다.

삼열은 그런 그를 보고 피식 웃었다. 당연한 일이다. 삼진이라는 명예를 포기하고 효율을 선택했으니 완투는 당연히 따라와야 하는 결과물이어야 했다.

"이제 제법 여유가 있어 보이는군."

"난 항상 여유로웠어."

"하하하, 그렇다고 해두지."

사실 첫 번째 등판이 가져다주는 심리적 압박은 어마어마했다. 그래서 삼열이 아무리 여유 있게 행동을 해도 다른 사람들의 눈에는 그의 긴장한 모습이 그대로 보였다. 하지만 삼열은 끝까지 뻔뻔하게 우겼다.

고교 야구와는 전혀 다른 스케일의 경기가 더블A의 경기였고 더구나 지금은 7,400석이 전부 매진된 상태였다. 긴장이 안 되면 오히려 그것이 더 이상한 상황이다.

초반에 승부가 갈려서 응원 열기가 조금은 사그라졌지만 그래도 관중은 단 한 사람도 떠나지 않고 홈팀을 응원해 주고 있었다.

관중들은 승부가 일찍 갈리니 싸 가지고 온 음식을 꺼내 가족들과 함께 먹으며 경기를 여유롭게 관람하고 있었다.

선두 타자로 출전한 로드리게스가 홈런을 치고 홈으로 들어왔다.

더그아웃에 있던 선수들이 모두 일어나서 그를 축하해 주었다. 삼열도 그들 사이에 껴 축하해 주었지만, 솔직히 말해 그의 홈런은 정말 영양가 없는 홈런이었다.

'저 사람은 멘탈만 바로잡으면 참 괜찮을 텐데, 안타깝군.'

삼열은 환하게 웃는 로드리게스를 보며 그런 생각을 했다. 푸른 하늘로 몇 마리의 새들이 번갈아가며 날아갔다.

'난 어디까지 날아오를 수 있을까?'

더 높이 날아올라 창공을 지배하는 독수리처럼 마운드의 지배자가 될 것이라고 삼열은 결심했다. 그리고 한 손으로는 코를 만졌다.

코를 만질 때마다 마음이 아파오면서 투지가 끓어올랐다. 그것은 누구도 자신을 무시하지 못하게 만들겠다는 이상한 오기였다.

더 이상의 경기가 무의미한 상황이었다. 양 팀의 점수 차가 너무 벌어져 포틀랜드 씨 독스의 마무리 투수 로드릭 진이 등판하는 것도 의미가 없어졌고, 삼열의 투구 수도 적어 충분히 더 던질 수 있는 상황. 그렇게 되자 삼열이 완투할 수 있도록 코치진이 배려해 줬다.

첫 등판에 인상적인 성적을 거둬야 강한 이미지를 남길 수 있기 때문이다.

"음하하하, 이제 마구잡이로 던져도 최소한 패전 투수는 안 되겠군. 뭐, 그렇다고 안 통하는 공을 자꾸 던지는 것은 바보 같은 짓이지."

삼열은 한국말로 중얼거렸다. 그 모습을 본 선수들이 더그 아웃에서 웃었다. 그들이 본 이 동양인 투수는 엄청난 공을 던지면서 시종 중얼거린다. 그런데 한마디도 알아들을 수 없는 말들뿐이었다.

"저 새로 온 베이비 웃기지 않아? 혼자 중얼거리는데 도통 무슨 말을 하는지 알 수가 없잖아."

"아마 자기 나라말인 한국말 아니겠어? 내가 에스파냐어를 하는 것처럼 말이야."

"그렇지. 그런데 한국 사람 이름 어렵지 않아? 발음하기 너무 힘들어."

"샴얄 캉. 오 마이 갓. 정말 발음하기 힘드네."

동료들이 삼열을 베이비라고 부르는 이유 중 하나가 발음하기 힘들어서다. 실제로 서양인들이 보기에 그의 외모는 너무나 어려 보였다.

삼열은 마지막 9회를 맞이하면서 중심 타자인 3, 4, 5번을 다시 상대하여야 했다.

파더만 제이, 게르미아, 피터 젠슨이 남았다. 템파베이의 강 타자들이었지만 올해는 이상하게 약속이라도 한 듯 동시에 부진을 거듭하고 있었다.

파디만 제이는 타석에 오르면서 호흡을 가다듬었다. 그는 올해 엄청나게 부진했다.

타율은 0.290으로 그런대로 괜찮았지만 팀 공헌도와 상관이 없는 타점이 대부분이었다. 오늘도 안타를 치기는 했지만 타점을 올리지 못했다.

오늘 처음 더블A 리그에서 던지는 상대 팀의 투수는 그야말로 난폭자였다. 조금만 플레이트에 다가서서 타격을 하려고 하면 무시무시한 공을 몸쪽에 던지는 바람에 진땀을 흘려야 했다.

대부분의 투수는 몸쪽으로 공을 던질 때 실투성 공이거나 힘을 빼고 던지기에 위협감을 크게 못 느끼는 경우도 종종 있었다. 물론 그런 경우에도 맞으면 시퍼렇게 멍이 들고 심한 통증에 시달린다.

하지만 이 애송이 녀석은 그야말로 무시무시한 공을 몸쪽으로 던져 간담을 서늘하게 만든다. 게다가 얼마나 교묘한지 스트라이크존을 크게 벗어나지 않아서 공에 맞아도 고의성 여부를 확인할 수가 없게 한다.

그는 한숨을 내쉬었다.

문제의 애송이 투수가 와인드업했다. 그리고 순식간에 공이 날아와 포수의 미트에 박혔다.

9이닝째인데도 그가 던지는 공의 구속은 조금도 떨어지지 않았다. 오히려 1회보다도 빨라진 느낌마저 들었다.

"빌어먹을!"

파더만 제이는 이를 악물었다. 어떻게 하든 이렇게 무기력하게 경기를 마무리 지을 수는 없다. 다음 경기를 위해서라도 이렇게 져서는 안 된다.

그는 눈을 크게 뜨고 공을 노려보았다. 가운데로 몰리는 공인 것 같아 힘껏 휘둘렀지다.

펑.

"스트라이크."

힘껏 스윙을 했지만 공은 이미 지나간 뒤였다. 배팅 타이밍을 못 맞춘 것은 아니었다.

공이 직선으로 날아왔다가 타석 앞에서 바깥쪽으로 뚝 떨어지며 휘어져 나갔다. 그러니 배트를 휘둘렀지만 공허한 바람만을 가를 뿐이었다.

"인크레더블!"

이번 공은 마치 마리아노 리베라의 투구를 보는 느낌이었다. 그냥 무시무시한 공이 자신의 옆으로 지나갔다.

"우리 베이비가 굉장하지?"

포수 로드리게스가 상대 타자를 향해 말했다.

"갓 댐!"

그는 타석을 벗어나 배트를 휘둘러보고 타석에 섰다. 그러자 다시 공이 날아왔다. 그는 이를 악물고 다시 배트를 휘둘렀다.

딱.

데굴데굴.

투수 앞으로 굴러간 공을 상대 투수가 잡아 1루로 던졌다. 파더만 제이는 헬멧을 집어던졌다.

애송이에 대한 분노는 아니었다. 이렇게 무기력한 자신에 대한 분노였다.

"헤이, 파더만. 정신 차려."

"지저스 크라이스트!"

파더만이 어깨를 늘어뜨리고 바닥에 뒹굴고 있던 헬멧을 집어 들었다.

게르미아가 천천히 타석으로 걸어갔다. 더그아웃에 들어간 그는 동료들의 위로를 받으며 벤치에 앉았다.

"오늘의 경기는, 정말 치욕적이야."

"애송이에게 완벽하게 당했어."

"메이저리그에 가면 저런 괴물들이 수두룩할 터인데… 결국 우리가 문제지."

"젠장……."

파더만 제이는 마운드에서 공을 뿌리는 상대 투수를 노려보았다.

'내년에는 달라질 거야. 반드시 복수하고 말겠어.'

그는 올해 훈련이 부족한 상태로 리그를 맞이하여 어려움을 겪었다.

잠시 후에 게르미아도 더그아웃으로 돌아와서 성질을 부렸다. 파더만 제이는 그 모습을 보자 분노가 웃음으로 바뀌었다. 결국 이곳에 모인 모든 선수의 문제였다.

삼열은 마지막 타자를 두고 마운드에서 공을 만지작거렸다. 그는 끊임없이 중얼거렸다.

"난 마운드의 제왕이다. 마지막까지 지배한다."

삼열은 온갖 폼을 다 잡다가 결국에는 주심에게 주의를 받았다.

"우하하하. 저 베이비, 진짜 웃겨 죽겠다."

더그아웃에서 삼열이 마지막 아웃 카운트를 잡을 것을 기다리고 있던 동료선수들이 삼열의 돌출 행동에 배를 움켜잡았다.

삼열이 관중을 향해 슈퍼맨과 같은 포즈를 취하다가 보다 못한 주심에 의해 주의를 받았던 것이다.

삼열은 이 경기에서 지든 이기든 관중을 위한 퍼포먼스가 있으면 좋을 것으로 생각했다.

지면 돌출 행위의 의미가 퇴색하겠지만 돈을 내고 온 사람들을 위해 한두 개의 포즈를 취하는 것도 나쁘지 않다고 생각했다.

그러다가 퇴장을 당해도 나쁘지 않다. 그만큼 이슈가 될 터이니까. 또 팬들에게 그만큼 강렬한 이미지를 줄 수 있으니까.

물론 투수의 본분은 경기에서 승리를 위해 좋은 공을 던지는 것이지만 말이다.

얌전할 것 같던 삼열이 강력한 공을 뿌리면서 크게 과하지 않은 돌출 행동을 하자 경기장을 찾은 관중들은 매우 즐거워했다.

물론 게임이 박빙의 승부 중이라면 그 자체로서 재미가 있겠지만 이번 경기처럼 이미 승부가 일찍 갈린 경기에서는 이런 돌출 행동도 나쁘지 않다고 생각했다. 결국 자신의 가치는 자기가 만드는 것이기 때문이다.

물론 이런 행동은 상대 타자들에게 나쁜 이미지를 줄 수 있어 위험한 행동이었다. 하지만 삼열의 이런 행동은 1회부터 꾸준하게 했던 것이기에 특별히 감정적으로 자극하거나 하지는 않았다.

단지 상대 투수가 돌출 행동을 대단히 좋아하는 이상한 놈이라고 생각할 뿐이었다.

베이브 루스가 자신을 놀린 관중을 향해 방망이를 가리킨 것이 홈런 예고가 된 것이야말로 얼마나 관중이 흥밋거리를 찾는지를 단적으로 보여주는 예이다.

삼열은 마지막으로 주의를 기울여 타자를 상대했다. 피터 젠슨은 올해 부진하였지만 작년에는 마이너리그 싱글A 팀에서 0.336의 타율을 올렸고 홈런도 스물세 개나 때렸던 선수다.

"신중하게! 온 힘을 다해 던지는 거야."

삼열은 마지막에 방심해서 멋진 경기를 망치고 싶지 않았다. 이것은 다시는 올 수 없는 그의 첫 번째 프로 경기이기 때문이다.

그는 힘껏 공을 던졌다.

펑.

공이 미트에 꽂히는 순간 포수 로드리게스가 움찔 놀랐다.

"스트라이크."

전광판에 98마일이라는 숫자가 적히자 관중석에서 감탄이 터져 나왔다. 이 마지막을 위해 힘을 아껴온 삼열의 투지에 관중들의 박수가 쏟아졌다. 9회에도 삼열의 구위는 전혀 떨어지지 않았다.

케빈 보레스 감독은 삼열이 투구하는 것을 보며 빙그레 미소를 지었다.

'대어가 걸려들었군.'

그는 삼열이 노련한 경기 운영을 할 뿐만 아니라 9회에도 구위가 떨어지지 않은 것에 주목했다. 이는 정상급 투수가 갖춰야 할 아주 중요한 덕목이었다.

삼열은 인생에서 한 번뿐인 데뷔 무대를 격려하는 포틀랜드 씨 독스의 팬들에게 고마운 마음을 담아 다시 공을 던졌다.

낮은 공이 다시 엄청난 속도로 날아오자 피터 젠슨은 이를 악물고 배트를 휘둘렀다. 하지만 그의 배트에는 바람만 걸렸다.

펑.

제3구 역시 강력한 바깥쪽 포심 패스트볼이었다.

"스트라이크."

삼구 삼진을 당한 피터 젠슨은 망연하게 서서 마운드의 삼열을 바라보았다. 그리고는 더그아웃으로 물러났다.

*   *   *

이날 경기는 포틀랜드 씨 독스가 9 : 1로 승리하였다. 선수들이 모두 더그아웃에서 뛰어나와 삼열의 첫 승리를 축하해 주었다.

모든 것이 행복할 것 같은 순간이 마침내 왔다. 삼열은 두 손을 위로 들고 승리를 만끽했다.

신인이 첫 데뷔 무대에서 완투승을 거두었다. 그것도 무시무시한 공을 던져 상대 타자를 압도하면서 말이다.

삼열이 라커룸으로 들어가 옷을 갈아입으려고 하는데 선수들이 오늘 시합 잘했다며 그의 등을 두드려 주며 지나갔다.

어떤 사람은 머리를, 다른 사람은 어깨를 두들겨 주고 지나갔다. 이때까지는 아무 문제가 없었다. 그런데 누군가 자신의 엉덩이를 만지는 것을 알고는 크게 소리를 질렀다.

"노우, 노!"

그리고 이어 들려오는 소리가 있었다.

빠악.

둔탁한 소리가 났다.

"아악~!"

이어 비명이 뒤따랐다.

우당탕탕.

삼열은 자신의 엉덩이를 쓰다듬는 손을 그대로 잡고 뒤돌아 머리를 날렸다. 그의 특기인 박치기였다. 거대한 덩치의 레이 곤잘레스가 순식간에 쓰러져 바닥에서 뒹굴었다. 그의 코에서는 피가 철철 흘러내렸다.

"뭐야!"

"헉, 이럴 수가!"

"오 마이 갓."

"인크레더블!"

선수들은 갑자기 발생한 사건에 당황하며 가해자인 삼열을 바라보았다. 삼열이 화를 내며 소리를 질렀다.

"이 개자식아, 난 게이가 아냐. 어디서 수작질이야. 죽고 싶어?"

"어……?"

"뭐야, 레이가 또 그 못된 장난을 한 거야?"

삼열은 쓰러져 일어나는 그를 향해 몸을 날려 구타하려 했으나 주변 상황이 좋지 못했다. 주위의 선수들이 그를 잡아 말린 것이다.

"헤이, 진정해. 레이는 게이가 아냐."

"엉……?"

삼열은 양팔을 각각 스티븐 워스와 로드리게스에 잡힌 채 어리둥절해했다.

저놈은 시합 내내 이상한 행동을 하다가 경기가 끝나자마자 자신의 엉덩이를 더듬었다.

"오 마이 갓. 너는 그럼 레이를 게이로 알고 이런 거야?"

"젠장, 이럴 줄 알았어. 레이, 그런 장난하지 말라고 했지?"

"끙."

레이 곤잘레스는 신음을 내뱉으며 천천히 일어났다. 얄미운 프레일리 게일을 놀릴 때 하던 버릇이 무심결에 나왔다. 프레일리 게일이야말로 그가 동성애자가 아닐까 의심을 하는 선수였다.

"워, 상당히 터프하군."

"너 이 새끼, 죽었어. 감히 나의 잘생긴 코를 가격해?"

레이 곤잘레스가 일어나 삼열에게 복수하려고 했다. 그러나 그 역시 주위의 만류로 실천하지 못했다.

라커룸에서 싸우면 보고서가 바로 올라간다.

작년에 보스턴 레드삭스의 존 레스터와 조시 버켓이 시즌 도중 라커룸에서 치킨과 맥주를 마신 것이 들통 나 물의를 일으켰다.

결국 당사자들은 치맥 사건을 일으킨 것에 대해 팬들에게 정식으로 사과했다. 그러니 라커룸에서 싸움이 일어나면 심각한 문제가 발생할 수도 있다.

"너 이 새끼, 가만두지 않을 거야."

복수를 다짐하는 레이에게 삼열이 소리쳤다.

"사과해!"

"뭣? 너 뭐라는 거야?"

"네가 성추행했잖아. 내 엉덩이 가지고 놀았잖아. 사과해."

"내 코는?"

"먼저 사과해."

"이 새끼가……"

삼열이 강하게 나가자 레이 곤잘레스가 주춤거리며 한발 물러났다.

"내가 사과를 하면 넌 어쩔 건데?"

"먼저 사과해."

레이 곤잘레스는 똥 씹은 표정을 지으며 마지못해 삼열에게 사과했다.

"미, 미안하다. 내가 잘못했다. 사과한다."

"다시는 그러지 마."

"그게 다냐?"

"그럼 뭘 더 원해?"

"그럼 내 코는?"

"변호사 통해서 비용 청구해."

"야, 이 프레일리의 엉덩이 닦는 소리를 지금 나에게 하는 거냐?"

"이봐, 레이 곤잘레스. 내가 하지 말라고 소리를 질렀지? 그런데도 넌 계속 내 엉덩이를 주물렀어. 이 개 같은 새끼야, 성추행으로 고소하지 않은 것만 해도 감사하게 생각해."

"너, 너… 이 말도 안 되는… 이게 뭐냐?"

그는 갑자기 예상치 못한 일을 당해서인지 아직도 제정신을 못 차리는 것 같았다.

"헤이, 레이. 이번엔 네가 잘못했어. 이쯤에서 그만둬. 그리고 삼열, 너도 다음부터는 조심해. 우리는 한 팀이야. 레이가 크게 안 다쳤기에 망정이지 큰일 날 수도 있었어."

삼열은 로드리게스의 말을 듣고 고개를 끄덕였다.

확실히 자기가 과잉 대응한 것은 맞았다. 하지만 미국에는 동성애자가 많다는 것을 전해 듣고 경각심을 가지고 있던 차였다. 같은 남자끼리 키스를 하고 그 짓을 한다고 생각하자 역겨웠다.

구단 관계자가 나타나 말리는 바람에 사건은 조기 종결되었다. 그가 한 일이란 없었다. 그냥 한마디 했을 뿐이었다.

"여기서 발생한 모든 것은 기록으로 남습니다. 메이저리그에 가지 않을 사람만 계속하십시오."

조셉 오처스의 말 한마디에 모두 동작을 멈추고 서로를 노려보며 화해했다.

한참 후에 케빈 보레스 감독이 와서 해산하라고 명령했다. 오늘 상대한 팀과 내일도 경기 일정이 잡혀 있기 때문이다.

바로 작년까지만 해도 포틀랜드 씨 독스는 리그에서 3위를 하였다. 하지만 올해는 그런 성적과는 거리가 멀다. 그래서인지 케빈 보레스 감독의 표정은 좋지 않았다.

미국이라는 사회는 자유롭고 주어진 권한에 대한 간섭이 없는 반면 실적이 뒷받침하지 않을 경우 바로 일자리를 잃어 버리게 된다. 당연히 그는 내년에는 재계약이 어려울 것을 예상하고 있었다.

승리를 축하하다가 갑자기 싸움으로 변질되어서인지 팀 분위기가 좋지 않았다. 그러나 삼열은 팀 분위기를 위해 레이 곤잘레스와 화해할 생각이 없었다.

처음에 레이가 한 것은 엄밀한 의미의 사과가 아니었다. 그래서 삼열은 그와 다시 말싸움을 벌였다. 그런데 이번에는 예상외로 레이 곤잘레스가 삼열에게 먼저 사과를 해왔다.

"미안하다. 아까는 너무 아파서 화가 났었는데 생각해 보니 내가 잘못한 것 같더군. 다음부터는 조심하도록 하지."

"나도 그 코를 그렇게 만든 것 미안합니다."

"뭐, 이거야 코피 좀 나다 말았으니 괜찮아. 그런데 너, 싸움 잘하던데?"

"난 싸움 잘 못해."

"쳇, 믿을 수 없는 말이군."

레이 곤잘레스는 자신의 실수로 일어난 일로 팀 분위기가 망쳐지는 것을 원하지 않았다. 그래서 실수를 인정하고 바로 사과했다. 덕분에 분위기는 좋아졌다.

집으로 돌아가려고 경기장을 빠져나오는데 브라이언이 차

·를 가져왔다.

"무슨 문제가 있었습니까?"

"아뇨, 누가 내 엉덩이를 만지길래 박치기를 해줬어요."

"박치기요?"

"머리로 상대의 안면을 때리는 거요."

"아~ 그거 상당히 아팠겠는데요."

브라이언까지 이런 말을 하자 삼열은 좀 미안한 생각이 들었다.

다행히 사건은 커지지 않았지만 좀 더 신중하게 행동했었어야 했다고 생각했다. 그러나 아무리 장난이라도 남자가 자신의 엉덩이를 주무른다고 생각하자 다시 주먹에 힘이 들어갔다.

"아참, 내일부터 며칠 동안 제가 고향집에 좀 갔다 와야 합니다."

"아, 네. 그럼 저는 어떻게 구장에 가죠?"

"포틀랜드 씨 독스의 구단 사무실에 이야기해 놨으니 픽업하러 오는 직원이 있을 것입니다. 사실 저희 샘슨 에이전트에서 직원을 파견하려고 했지만 직원들의 일정이 겹치는 바람에 어쩔 수 없었습니다. 삼열 씨는 구단 관계자가 아침저녁으로 픽업해 줄 것이니 제가 없더라도 문제는 없을 것입니다."

"뭐, 그렇게 조치를 해줬다면 저는 상관없습니다."

삼열은 브라이언의 말을 들으며 하루 빨리 운전면허를 따야겠다고 생각했다.

사실 언제든지 딸 수 있었지만 운전 연수를 해야 해서 면허 따는 것을 그동안 망설여왔었다.

삼열은 집에 들어와 샤워하고 잠시 침대에 누워 쉬었다. 그러자 마운드에서 승리한 감동이 다시 밀려들었다.

그는 한 시간을 그렇게 쉬다가 러닝머신 위에서 뛰기 시작했다.

땀을 흘리고 나니 정신이 돌아왔다. 그리고 마운드에서 어떤 일이 일어났는지를 다시 생각했다.

승리의 기억은 짜릿했다. 세포에 하나하나 기록될 정도로 흥분되었다.

＊　　　　＊　　　　＊

저녁에는 수화와 통화했다. 그리고 아침에 일어나 가볍게 샤워하고 창밖을 바라보니 픽업 차량이 기다리고 있었다. 삼열은 문을 잠그고 나갔다.

빨간색 페라리의 문이 열리면서 금발의 여자가 삼열을 바라보며 말했다.

"타요."

"마리아……?"

"좋은 아침이네요."

"아, 네. 좋은 아침이죠?"

삼열은 슬쩍 마리아의 얼굴을 훔쳐보며 이게 어떻게 된 일인지 생각했다.

"제가 하겠다고 자원했어요. 집이 이 근처거든요."

"아, 네. 고맙습니다."

"어제 한 건 했다면서요?"

"아~ 그게 벌써 소문이 났어요?"

"호호호, 소문이 안 날 것 같았어요?"

삼열이 생각해 보니 그건 말도 안 되는 일이었다.

그렇게 일을 크게 벌여놓고 아무 일도 없었던 것처럼 할 수는 없다.

사람들에게 괜히 눈과 귀가 붙어 있는 것이 아니다. 그러니 그런 괴상한 소문은 매우 빠르게 번져 갔을 것이다.

삼열은 다시 한 번 자신의 행동에 대해 생각하였다. 그는 차 안에서 은은하게 풍겨오는 향수 냄새를 맡고 마리아를 바라보았다.

아름다운 금발에 큰 눈을 가진 그녀가 삼열을 보며 웃고 있었다. 아침 햇살처럼 해맑은 미소였다.

"아참, 어제 승리투수 된 것 축하해요."

"아, 감사합니다."

"그리고 이것은 첫 승리를 기념하는 의미로 주는 선물이에요."

삼열은 제법 비싸 보이는 만년필과 작은 노트를 받았다.

"감사합니다."

"부담 가지지 않아도 돼요. 만년필은 거기 적혀 있듯 회사 기념품이고 제가 실제로 산 건 그 노트뿐이에요."

사실 삼열은 어지간한 것들은 필기하지 않아도 기억하지만, 그것도 아주 오래되면 잊어먹을 수가 있어 요즘은 필기의 필요성을 조금은 느끼고 있었다.

펜으로 경기 내용과 상대 팀 중요한 선수의 타격 특징을 기록하는 것이 좋을 것 같았다. 경기장에는 스마트폰을 가지고 들어가지 못하니 말이다.

"차가 멋진데요."

"이거 리스한 거예요."

"아, 그래도 비싸 보이는데요?"

"그렇게 비싸진 않아요. 회사에서 리스해 준 것이니 정확한 비용은 저도 모르겠어요."

삼열은 마리아의 말에 고개를 갸웃거렸다. 평사원인 그녀에게 구단이 차를 리스해 준다는 것이 이해되지 않았다.

'내가 알지 못하는 것이라도 있나?'

삼열은 의문이 생겼지만 다른 사람의 삶에 관여하고 싶은 마음은 없어 묻지 않았다.

그는 차 안에서 마리아와 대화를 나누는 것이 좋았다. 특별한 관계가 아니어도 이렇게 아름다운 여자와 비록 짧은 시간이지만 같이 보내는 것이 싫지는 않았다.

'젠장, 남자 중에서 예쁜 여자 싫어하는 사람 있으면 나와 보라고 해.'

마리아는 하얀 피부와 파란 눈, 그리고 키스하고 싶어지는 도톰한 입술, 게다가 환상적인 바디라인까지 갖추고 있다. 여자가 이런 모든 것을 다 가지고 있기는 힘든데, 지적 능력까지 탁월했다.

그녀는 하버드 박사 학위 소지자다.

수화도 예쁘긴 했지만 옆에 앉은 여자에 비하면 조금이 아니라 많이 부족했다. 우선 몸의 굴곡 자체가 달랐다. 그리고 마리아는 나이가 있어서인지 성숙한 농염함도 있었다.

'쩝, 아깝다.'

삼열은 자신의 내면에 있는 속물적 욕망을 깨닫자 인간에 대해 이렇게 평가를 하는 자신의 모습이 싫어졌다.

적어도 수화는 그렇게 평가받아서는 안 되는 사람이었다. 자신에게 호의를 베푸는 이 아름다운 여자도 루게릭병에 걸렸었던 과거의 초라한 모습이었다면 이렇게 하지 않았을 것이다.

생각해 보니 웃겨서 삼열은 피식 웃었다.

"왜 웃죠?"

"그냥요."

"벌써부터 팬들이 삼열 씨를 좋아해요. 삼열 씨가 재미있기도 하고 야구도 잘해서요."

"아, 다행이군요."

"네. 삼열 씨는 어디를 가든 사람들이 좋아할 거예요. 당신에게는 사람을 잡아끄는 매력이 있으니까요."

삼열로서는 처음 듣는 소리였다. 그는 왕따였다. 그런 그에게 무슨 사람을 매혹시키는 매력이 있겠는가.

"아, 마리아. 박사 학위 받은 거 축하해요."

"고마워요."

마리아가 웃자 차 안이 환해졌다. 미인의 미소는 정말 매혹적이다. 그림처럼 아름다운 사람을 보는 것은 기분 좋은 일이다.

"어제 경기 정말 멋졌어요."

"보셨어요?"

"당연하죠. 제가 이곳에 근무하는 것도 야구를 좋아해서예요. 그러니 당연히 경기가 시작되면 만사 제쳐 놓고 보죠."

"아, 그렇군요."

말을 주고받은 지 얼마 안 되어 차는 구단의 주차장에 도착했다.

"감사합니다."

"뭘요. 저도 혼자 오면 심심했는데 덕분에 즐거웠어요."

마리아는 차에서 내리며 환하게 웃었다. 그 모습이 가을 하늘만큼이나 청명했다.

2. 시작, 마이너리그 Ⅳ

삼열이 클럽에 들어가니 이미 많은 선수들이 나와서 이야기를 하고 있었다.

"헤이, 베이비. 오늘은 뭐 없어?"

"뭐가?"

"스페셜 이벤트 말이야."

"네버."

"흠. 삼열, 오늘은 편하게 관람하겠군."

"어제도 편했어."

잡다한 이야기를 나누는 사이에 감독이 들어왔다. 선수들도 모두 도착해 있었다.

"오늘 선발은 잭 휴스톤이다. 그리고 오늘의 선발 라인은 타격 코치인 데이비드가 말해 줄 것이다. 오늘도 어제와 같이 신나게 부숴 버리자!"

"부숴 버리자!"

선수들이 감독의 말을 따라 했다. 승리는 언제나 기분 좋은 일이다. 경기에 지고서 기분 좋은 사람은 없다. 그러니 오늘도 승리해서 인생의 기쁨을 누려야 한다.

삼열은 그런 생각을 하며 빙그레 웃었다. 그것은 삼열뿐만 아니었다. 선수들의 표정도 밝은 것을 보니 어제의 승리가 가져다준 기쁨을 모두가 정당하게 누린 듯 보였다.

케빈 보레스 감독이 이야기를 마치고 클럽을 나가자 배팅 코치인 데이비드 조피가 오늘의 선발 출전 명단을 발표했다. 어제와는 조금 다른 타순이지만 삼열은 전혀 신경 쓰지 않았다. 경기에 나가지 않는 그는 선수들이 잘하면 박수나 쳐 줄 생각이었다.

삼열의 위상은 하루 만에 달라졌다. 이전에는 연습만 하는 귀찮은 놈 정도였다. 하지만 지금은 팀에 없어서는 안 되는 투수가 되었다. 단 하루 만에 일어난 일이다.

그리고 레이 곤잘레스에게 박치기를 한 사건으로 그의 화끈한 성격이 선수들은 물론 구단 관계자들에게도 알려졌다.

평상시 같으면 팀의 화합을 위해서 구단의 제재가 있을 터였지만 성추행으로 착각했다는 삼열의 말이 지켜본 사람들의 입을 통해 전해지자 구단도 그냥 넘어갔다.

이런 사안으로 선수를 제재하면 오히려 역효과가 날 것이 분명했고, 또 오해로 벌어진 사건으로 이미 두 사람이 화해했기 때문이기도 했다.

삼열이 벽에 기대어 MP3로 음악을 듣고 있는데 톰 신벌이 다가왔다. 삼열이 무슨 일이냐는 눈빛을 보내자 톰 신벌이 오늘 아침에 마리아와 같은 차를 타고 온 것을 보았다고 말했다.

'시발 새끼, 그래서 뭐?'

삼열은 차마 욕은 하지 못하고 그게 어떠냐는 눈빛을 보냈다.

"내가 데이트를 신청 중이다."

그래도 그는 삼열에게 정직하게 말했다.

"그래서?"

"너 같은 애송이하고 경쟁하고 싶지 않아."

삼열은 진지한 그의 얼굴을 보고 차마 웃지 못했다. 남자가 사랑에 전념하고 있는데 같은 남자로서 무시하는 것은 아니다. 비록 그 대상이 눈앞에 있는 이 재수 없는 놈이라도 말이다.

"신경 꺼."

"뭣……?"

삼열은 자신의 왼손에 낀 커플 반지를 그에게 보여주었다.

"볼일 다 봤으면 이제 가보지? 시합 준비해야 하지 않아?"

톰 신벌은 삼열의 반지를 보고는 말없이 돌아갔다. 그리고
웃었다.

'참, 그 얼굴에 짝사랑이라니 얼굴이 아깝다, 새끼야.'

톰 신벌은 큰 키에 떡 벌어진 어깨, 그리고 남자답게 생긴
외모를 가지고 있었다.

"예쁜 꽃은 노리는 나비가 너무 많지."

"뭐?"

옆에 있던 로드리게스가 삼열의 말에 반문했다.

"아무것도 아냐. 신경 쓰지 마. 혹시 너도 마리아 좋아하는
것 아냐?"

말 없는 그를 보며 삼열은 고개를 절레절레 흔들었다. 어쩌
면 자신도 애인이 없었다면 마리아를 좋아하게 되었을지도 모
른다. 그만큼 그녀는 상냥하고 매력적인 아가씨다.

'그러면 뭐해? 떡 줄 여자는 생각도 없는데.'

삼열은 수화와 데이트를 할 때마다 주위의 남자들이 그녀
의 얼굴을 훔쳐보던 것을 기억했다. 남자는 그저 예쁜 여자면
사족을 못 쓴다. 그는 다른 사람의 연애사에 끼어들 생각이

전혀 없었다.

삼열은 경기가 시작되기 전에 경기장에 나가 선수들을 격려하였다. 그때 어제 왔던 아이가 삼열에게 다가와서 손을 내밀었다.

"응?"

"이제부터 내가 형아 팬이에요."

"와우, 영광인데. 음, 네가 내 첫 번째 팬이 되었구나. 고맙다."

아이가 웃으며 말했다.

"오늘은 엄마와 같이 왔어요. 아마 엄마도 곧 형아 팬이 될 거예요."

"네가 실망하지 않도록 노력할게. 난 메이저리그를 다 먹어버릴 거거든."

"다 먹어요?"

"응, 내가 킹왕짱이 된다는 것이지."

"와아~!"

아이가 삼열의 말에 감탄을 터뜨렸다.

"내 이름은 조나단 헉스예요."

"난 삼열 강이다."

"알고 있어요."

삼열은 어린 소년과 잠시 농담 따먹기를 하다가 시합이 시작되자 더그아웃으로 물러났다. 조나단은 관중석으로 돌아가면서 중얼거렸다.

"저 형아, 보기보다 순진하네."

조나단은 개구쟁이 같은 웃음을 지었다. 물론 그는 정말로 삼열의 팬이었고 어제 그의 멋지고도 괴팍한 모습에 반했다.

경기가 시작되었다. 어제와 달리 경기는 매회 박빙의 승부를 이어가고 있었다. 특히나 어제 헬멧을 집어던졌던 파더만 제이가 펄펄 날았다.

그러나 포틀랜드 씨 독스의 레이 곤잘레스가 홈런을 치고 로드리게스가 3루타를 쳐서 주자 두 명을 홈으로 불러들인 것이 승부를 갈랐다. 삼열은 오늘도 경기에 승리하자 기분이 좋았다.

"헤이, 베이비. 오늘 클럽 갈 건데 같이 갈래?"

스티븐 워스가 삼열에게 말했다.

"너희 미쳤구나. 겨우 두 경기 이겼는데 클럽을 가?"

"이제 장장 여섯 경기 원정을 가야 해서 말이지. 그리고 너 말이 좀 건방지다."

"미친, 난 리그 중에는 술 안 마신다. 가야 할 길이 까마득한데 뭔 술이냐?"

"하하하, 애송이에게 한 방 맞았네."

"난 집에 가봐야 해."

"그래, 가봐라."

경기가 여섯 시에 시작하여 아홉 시에 끝났으니 꽤 일찍 끝난 셈이었다. 그래서 선수들은 클럽을 갈 생각을 한 것 같았다.

삼열은 마리아가 차에서 기다리고 있다는 것을 생각하고 서둘러 짐을 챙겨서 나왔다.

이미 늦은 시간이라 어둠이 도로 위에, 그리고 사물들과 공기 속에 스며들어 주위가 잘 보이지 않았다.

"우리 저녁 먹으러 가요."

마리아가 말했다. 삼열도 저녁을 대충 먹었기에 마침 배가 고프기는 하였다. 그러지 않아도 집에 가서 샐러드를 만들어 먹을 생각이었는데 잘됐다 싶었다.

"좋아요."

마리아의 빨간색 페라리가 빠른 속도로 도로를 질주하더니 30여 분 만에 빌딩 숲 사이에서 멈췄다.

"여기예요."

삼열이 보니 도착한 곳은 그냥 평범한 패밀리 레스토랑이었다. 분위기는 나쁘지 않지만, 그렇다고 가격이 비싸지도 않은 곳이어서 가족 단위의 손님이 드문드문 눈에 띄었다.

삼열은 음식을 주문하고 흘러나오는 음악을 들었다. 늦은 저녁 시간이라 식당 안에는 사람들이 별로 없어서 한적한 느낌을 주었다.

"그렇게나 많이 먹어요?"

마리아가 삼열의 스테이크를 놀란 눈으로 바라보았다. 원래 그는 미카엘과 함께 산에서 훈련하면서 많은 고기를 먹었기에 한 번에 먹는 양이 제법 되었다.

스테이크 2인분을 가볍게 먹으니 마리아가 놀란 표정을 지었다. 아까 저녁때 간단하게 햄버거 두 개를 먹었다는 말을 삼열이 했기에 더 놀란 것이다.

"운동선수와 식사 같이 안 해보셨어요?"

"해보기는 했는데 삼열 씨처럼 많이 먹지는 않아요."

한국 사람들은 밥심으로 산다는 말이 있듯이 상대가 많이 먹는 것을 좋아한다.

"그건 나처럼 어리지 않아서일 거예요."

"네?"

마리아가 정말 궁금하다는 표정으로 삼열을 바라보았다. 그 모습이 너무 사랑스러워 삼열은 깜짝 놀랐다.

"이런 곳에 나와서 많이 먹을 수는 없어요. 비싸잖아요. 그리고 음, 아마 남자들이 같이 먹었다면 마리아에게 잘 보이기 위해 많이 먹지 않았을 거예요."

"아~ 그렇군요. 그나저나 한국을 떠나 혼자 이곳에 있으려니 힘든 점이 많죠?"

"네, 아무래도 아직은 낯설어요."

"그래도 그 나이에 더블A 리그면 굉장한 거예요. 대부분 그 나이면 루키 리그나 잘해야 싱글A 리그에서 뛸 텐데 말이에요."

"네, 운이 좋았어요."

삼열이 순순히 인정하자 마리아가 약간 놀란 표정을 지었다. 그녀가 지금까지 만난 선수 중 이처럼 자신을 낮추는 사람은 본 적이 없었다.

마리아는 삼열이 마음에 들었다. 무엇보다 자신을 바라보는 눈빛이 맑았다.

당당하게 애인이 있다고 밝히면서 자신의 애인을 소중히 여기는 마음이 그와의 대화 곳곳에 묻어나오자 도대체 그의 사랑을 받는 여자가 어떤 여자인지 궁금해지기까지 했다.

그녀가 만났던 남자들은 애인이 있으면서도 없는 척하며 자신과 하룻밤을 보내기를 원했다. 진지하게 대해주는 남자도 없지는 않았으나 대부분은 어떻게 해보려고 접근하는 남자들이 대부분이었다.

금발의 여자는 헤프다는 편견이 있는지 접근하는 남자마다 눈빛이 끈적끈적해서 그녀는 마음이 내키지 않았다.

마리아는 삼열을 보고 나지막하게 한숨을 내쉬고는 창밖으로 눈을 돌렸다.

삼열은 웨이터에게 계산서를 달라고 하면서 카드를 올려놓자 마리아도 자신의 카드를 올려놓았다. 두 개의 카드를 보고 삼열은 의아한 듯 마리아에게 말했다.

"오늘 밥은 제가 살게요."

"노, 노. 그러면 안 돼요. 제 거는 제가 낼게요."

삼열이 다시 말을 하려고 하자 마리아의 태도는 완강했다. 사실 삼열은 마리아에게 만년필과 노트도 선물 받았으니 보답으로 밥을 사려고 했는데 마리아가 완강히 거절하니 어쩔 도리가 없었다.

더치페이를 하고 밖에 나오니 밤 열 시가 넘어가고 있었다.

"꽤 시간이 지났네요. 빨리 집까지 데려다줄게요."

"네, 감사합니다."

차 안에서 두 사람은 말이 없었다. 약간의 망설임 끝에 마리아가 입을 열었다.

"삼열, 처음 만난 여자에게 돈을 주거나 밥값을 대신 내주면 안 돼요."

"왜요?"

"……"

마리아가 얼굴을 붉히며 머뭇거리다가 말했다.

"그것은 여자와 자고 싶다는 표현이나 마찬가지예요. 처음 보는 남자가 여자에게 밥을 사줄 이유가 전혀 없거든요."

"아, 몰랐어요."

"그런 거 같아 보였어요. 하지만 이곳은 미국이에요. 한국에서 어떻게 하는지는 모르지만 미국 여자들은 자립심이 강해요. 그래서 특별한 사이가 아니면 밥값을 내주면 안 돼요."

"그렇군요."

삼열은 고개를 끄덕였다. 미국 영화에서도 보면 여자가 무거운 짐을 들어도 남자가 대신 들어주는 경우는 별로 없다. 이유 없는 친절은 없다고 생각하는 것이다. 그리고 여자들도 자신이 할 수 있는 일은 남자가 옆에 있어도 부탁하지 않고 스스로 했다.

별빛이 쏟아지는 도로를 페라리가 바람처럼 달렸다. 목적지에 도착하자 삼열이 차에서 내렸다. 그러자 마리아가 따라 내리며 입을 열었다.

"내일도 시간 맞춰서 올게요. 잘 자요."

마리아는 부드러운 미소를 짓고는 차에 올라탔다. 멀어져 가는 붉은색 페라리를 삼열은 물끄러미 바라보았다.

"당신도 잘 자요, 마리아!"

삼열은 문득 고개를 들어 밤하늘의 별을 바라보았다. 무수히 많은 별이 눈에 쏟아질 듯 가득 들어왔다.

*   *   *

수화는 삼열이 떠나가고 난 후부터 알 수 없는 불안감에 사로잡혔다. 삼열이 부모님에게 인사를 하러 온 날, 실망스럽게도 아빠마저 삼열에게 좋지 않은 말을 한 듯했다.

　처음엔 그냥 호기심이었다. 천재의 고독한 모습에 선배로서 가졌던 관심이 점차 알 수 없는 감정으로 바뀌기 시작하면서 믿을 수 없게도 자신이 먼저 그를 좋아하게 되어버렸다.

　삼열과 사랑을 하고 깊은 관계가 된 후로는 그 없이는 살 수 없을 것 같았다. 그런데 그의 빛나는 영혼이 원하는 곳은 메이저리그였다. 따라가고 싶었지만 그녀 자신도 하고 싶은 것이 많은 청춘이었다.

　주위 사람들에게 마이너리그 소속의 남자와 결혼을 하기에는 무리가 있다는 말을 듣기도 하였다. 메이저리그로 올라가기 위해 엄청난 훈련을 소화해야 하는 선수에게 여자는 오히려 방해가 될 수도 있다는 이야기를 듣고 망설이다가 결단을 내리지 못한 것이 아쉬움으로 남았다. 그리고 그것이 불안의 원인이 되어버렸다.

　보스턴은 거리가 너무 멀고 시차도 많이 나서 만나는 것은 고사하고 통화하기도 힘들었다. 처음에는 밤을 새면서 통화를 했지만 점차 시간이 지나면서 통화하는 시간이 적어지기 시작했다.

엄마와 아버지는 삼열이 천재인 것과 메이저리그 팀과 계약한 것을 완벽하게 무시했다. 아버지는 주위에 정관계의 지인들이 많다 보니 연예인이나 스포츠 스타를 별로 높게 보지 않는 경향이 예전부터 있었다.

그리고 결정적으로 엄마가 던진 구두에 코를 맞은 것에 삼열은 상당한 충격을 받은 듯 보였다. 아마 다른 사람에게 맞았다면 그렇게 힘들어하지 않았을지도 모른다. 사랑하는 사람의 어머니에게 맞았으니 충격이 더 큰 듯했다.

수화도 충격받긴 마찬가지였다. 결혼에 필요한 조건이 여러 가지 있는 것은 알았지만 막상 자신의 문제가 되다 보니 생각지 못한 것들이 그녀의 앞을 가로막았다.

가장 큰 장애물은 부모님의 과도한 사랑과 기대였다. 하나밖에 없는 딸에 대한 사랑이 외골수로 빠져 버려 사윗감은 이 정도가 아니면 안 된다는 벽을 만들어 버린 것이다.

서울대에 수석 합격한 천재성도, 메이저리그와의 계약도 그 벽 앞에서는 무기력하게 무너져 내렸다.

수화는 자신이 속물인 것을 인정했다. 그녀 자신도 고생하는 것보다 편하게 살고 싶다. 하지만 사랑하는 사람과 조건 때문에 헤어져야 한다는 것은 너무 싫었다.

어디서 삼열과 같은 남자를 다시 만날 수 있단 말인가. 그는 다정다감하고 배려심이 많은 사람이다. 그의 다정한 눈빛,

상냥한 목소리, 그리고 넓은 가슴은 그 어떤 여자라도 매혹시킬 것이다.

수화는 부모님을 사랑하지만 결단을 해야 하는 시간이 다가오는 것을 느꼈다. 하지만 결정을 하루하루 미루다 보니 어느덧 삼열이 미국에 간 지 두 달이 지났고, 염려했던 대로 요즘은 연락이 뜸해지기 시작했다.

'뭔가 조치를 해야 해.'

하지만 학기도 아직 많이 남았고 삼열은 한창 시즌 중이라 어떻게 할 방도가 없었다. 그래서 수화는 더 초조했다. 가만히 있으면 삼열과의 사랑이 바람처럼 흔적도 남기지 않고 사라져 버릴지 모른다는 불안감이 그녀의 마음에 싹트기 시작한 것이다.

수화는 방 안을 왔다 갔다 하며 생각을 가다듬었다. 그녀는 일찍이 할아버지에게 인생에는 기회가 몇 번 오지 않는다고 들었다. 특별한 말은 아니었지만 무릎을 꿇고 들었기에 생생하게 기억이 난다.

할아버지가 평범했던 젊은 시절에 찾아온 기회를 놓쳤다면 오늘날의 자신은 없었을 것이라고 허허롭게 웃으실 때 그녀도 자신에게 오는 기회는 놓치지 않겠다고 결심을 했다. 단지 그것이 사랑일 줄은 꿈에도 생각하지 못했지만 말이다.

문제는 자신이 삼열에게 가버리면 엄마 아빠가 어떻게 나올까 하는 것이었다. 안 봐도 뻔했다. 지금도 모범생처럼 살아가는 아버지는 자신의 뜻을 거역한 딸과 인연을 끊을지도 모른다.

부모님이 자신에게 얼마나 자상하게 대해주신지 잘 알고 있는 그녀로서는 정말 선택하기가 힘들었다. 게다가 자신은 무남독녀 외동딸. 오빠나 동생이 하나라도 있었더라면 지금보다는 훨씬 더 결정 내리기가 쉬웠을 것이다.

"그래, 난 사랑을 포기할 수 없어. 내 인생에 찾아온 가장 아름다운 것을 잃어버리는 멍청이는 절대로 되지 않을 거야."

결국 결심을 굳힌 수화는 부모님 몰래 여권을 만들고 미국행 티켓을 예약했다. 그리고 엄마가 친구들과 약속이 있는 날 아침에 미국행 비행기에 올랐다.

기내에서 수화는 이제 곧 삼열을 만날 수 있다는 기대감에 한껏 부풀어 있었다. 그를 생각하면 입가에 미소가 저절로 고였다.

'지금 널 만나러 가고 있어.'

그렇게 수화는 기내에서 잠이 들기 전까지 오로지 삼열만을 생각했다.

공항에 도착하고 나서 보니 삼열에게 전화가 와 있었다. 다시 걸었더니 이번에는 삼열이 전화를 받지 않았다.

바로 그 시간에 삼열은 처음으로 선발 경기에 등판하고 있었다.

"어디로 갈까요?"

수화는 삼열에게 받은 주소를 택시 운전사에게 불러주었다. 운전사는 재미있게 생긴 흑인이었는데 무척이나 친절했다. 공항에서 그의 집까지 가는데 가슴이 쿵쾅거리며 뛰었다. 마침내 삼열이 사는 주소에 도착해 보니 아담한 집이었다.

"저기입니다."

수화는 택시비를 계산하며 너무 일찍 와서 삼열이 당황하지 않을까 걱정했다. 하지만 재미있을 것 같기도 했다.

'깜짝 놀라게 해줘야지.'

수화는 콧노래를 부르며 아침 공기의 상쾌함을 즐겼다.

'왜 이러지?'

그런데 왜인지 갑자기 마음 한곳에 불안한 감정이 싹트기 시작했다. 그리고 아무리 생각해도 이른 아침에 갑작스럽게 불쑥 들이닥치는 것은 좀 무리가 있다 싶어 집 옆 계단에서 시간이 가기를 기다렸다.

비행기가 너무 일찍 도착한 것이 문제였다. 돈은 충분히 있지만 호텔에 가고 싶지는 않았다. 그렇게 되면 여기에 온 목적이 없어지는 것이니까.

수화는 벽에 기대 졸다가 대문이 열리는 소리에 퍼뜩 눈을 뜨고 삼열이 나오는 것을 보았다. 그녀는 너무나 기뻐 자리에서 벌떡 일어나 그를 부르려고 했다.

하지만 그때, 집 앞에 서 있던 빨간색 페라리에서 눈부시게 아름다운 여자가 나와 삼열을 향해 웃으며 인사를 했다.

'이, 이게 뭐지?'

갑자기 찾아온 불안감의 정체가 이것이었나 하는 생각에 수화는 삼열을 부르지 못했다. 그를 믿지 못하는 것은 아니었지만 여자가 너무나 아름다웠다. 그동안은 자신의 미모로 인해 은근히 삼열에게 자신감을 가졌었는데 그것이 일시에 무너져 내렸다.

갑자기 하늘이 빙글빙글 돌고 눈앞이 깜깜해졌다. 이러려고 이곳에 온 것이 아니다. 수화는 무너지려고 하는 다리를 손으로 잡고 멀어지는 빨간색 페라리를 멍하니 바라보았다.

"이 해삼 말미잘 같은 놈아. 내가 너 때문에 여기까지 왔는데. 말도 안 하고 온 내 잘못도 있지만, 그렇다고 그렇게 다정한 웃음을 그 여자에게 보어줄 건 뭐니?"

이미 차는 사라져 보이지 않았다. 한적한 거리에 간간이 차가 지나다닐 뿐이었다. 수화는 이루 말할 수 없이 허탈해졌다.

'이 나쁜 놈아!'

눈물이 흘러내렸다. 수화는 눈물을 닦아내던 손으로 주먹을 꽉 쥐었다.

"내 분노의 주먹을 먹여줘야지. 나도 이소룡만큼 널 잘 팰 수 있어."

말은 그렇게 했지만 온몸에 힘이 하나도 없는 것이 물먹은 솜 같았다.

무엇보다 배가 고팠다. 말도 안 하고 왔다가 웬 여자가 차를 몰고 와 그를 태우고 간 것에 열 받아 광분하는 자신의 모습이 처량했다. 아니, 그 여자가 아름답지 않았다면 신경도 쓰지 않았을 것이다. 하지만 금발의 백인 미녀가 여자인 자신이 봐도 아찔한 미소를 지으니 가슴이 철렁 내려앉았다.

수화는 근처 유스호스텔에 짐을 풀고 식당에서 늦은 아침을 먹었다. 간단한 샌드위치와 주스를 먹는데 눈물이 빵에 뚝뚝 떨어졌다.

"가만 안 둬."

수화가 복수를 다짐하고 있는데 이탈리아계로 보이는 백인이 그에게 다가왔다. 그때는 이미 눈물은 말라 있었다.

"헤이, 좋은 날! 혼자 밥 먹는 게 외로우면 내가 말 상대해줄까?"

수화가 바라보니 잘생긴 남자가 윙크했다.

"꺼져, 개자식아."

"왓?"

"여기서 껄떡대지 말고 꺼지라고. 맞기 싫으면."

"와우, 네가 나를 때릴 수나 있어?"

가냘파 보이는 수화를 보며 그가 비웃었다.

그때였다. 퍽 하는 소리와 함께 자신만만해 하던 남자의 몸이 기우뚱하더니 옆으로 쓰러졌다.

"헛!"

옆으로 지나가던 남자가 이 모습을 보고 기겁을 하며 두 손을 위로 올렸다. 수화는 독이 오른 표정으로 쓰러진 남자를 바라보았다.

"다음에도 질척거리면 여기 터뜨려 버릴 거야. 알지?"

남자가 정신없이 고개를 끄덕였다. 수화의 발이 사타구니를 향하고 있었다.

수화는 먹다 남은 샌드위치를 쓰레기통에 버리고 남자를 바라보았다. 남자가 움찔하며 눈을 피했다. 남자의 이름은 존 아스터. 잘생긴 얼굴 하나로 이 여자 저 여자 건드리고 다녔는데 오늘은 잘못 걸렸다. 그의 입장에서는 재수 옴 붙은 날이었다.

수화는 괜한 남자를 패고는 시원한 표정으로 자신의 방으로 들어갔다.

존 아스터는 턱을 만졌다. 여자와 싸우기 싫어 가만히 있었다고 위안으로 삼고 있었지만 실제로 아까 여자에게 맞은 턱이 지금도 얼얼했다. 사실 그는 제법 근육질이었지만 싸움은 못했다. 그리고 여자와 싸웠다고 하면 친구들의 조롱을 받을 것이 틀림없으니 모른 척하고 넘어가는 것이 가장 좋을 것 같았다.

저녁이 되자마자 수화는 다시 삼열의 집 앞으로 가 기다렸다. 그러나 꽤 시간이 지났음에도 삼열은 오지 않았다. 처음에는 화가 났다가 시간이 지나면서 점점 초조해지기 시작했다.

혹시 그 여자랑 그렇고 그런 사이가 되어버린 것은 아닐까 하는 불안감이 그녀를 사로잡았다. 배에서 꼬르륵 소리가 날 정도로 허기졌지만 수화는 초조하게 집 근처를 배회하며 삼열이 오기를 기다렸다.

주위가 완전히 어두워졌을 즘 어둠을 뚫고 빨간색 페라리 한 대가 집 앞에 섰다.

아침과 마찬가지로 여자가 차에서 내리더니 삼열을 보고 웃으며 잘 자라고 말하고는 떠났다. 그리고 삼열도 여자가 사라진 곳을 보며 중얼거렸다.

"당신도 잘 자요, 마리아!"

왠지 아쉬운 마음이 들어 그는 하늘의 별을 바라보았다. 바로 그때였다.

"마리아가 누군데?"

삼열은 자신의 귀를 의심했다. 늘 꿈에도 듣고 싶어 하던 수화의 목소리였다. 그런데 어떻게 여기서 그녀의 목소리가 들려올 수가 있지? 그녀는 서울에 있는데.

삼열은 소리가 나는 곳으로 고개를 돌렸다.

픽.

눈에서 갑자기 불꽃이 튀었다.

"악!"

삼열은 자신의 뒤통수를 때린 것도 모자라 분노로 떨고 있는 수화의 모습을 보고 흠칫 놀랐다.

"수화 씨."

"흥, 아침저녁으로 좋아 죽는구나."

"무슨 말이에요?"

"너 내가 그렇게 경고를 했었는데 나를 배신해?"

"배신요?"

"그래. 이제 너하고 절교야."

뛰어가는 수화를 쫓아가 삼열은 그녀의 앞을 가로막았다.

"무슨 말이에요?"

"나 몰래 바람 피웠잖아."

"바람요? 누가요?"

"누구긴 누구야, 바로 너지. 좀 전에 예쁜 여자가 잘 자라고 하니까 좋아서 헤벌쭉하고선. 무슨 변명이라도 해봐."

"무슨 변명요? 그 여자는 그냥 구단 관계자일 뿐이에요."

"거짓말하지 마!"

삼열은 아무 말 없이 수화를 꼭 끌어안았다. 앙탈을 부릴 것 같던 수화가 가만히 있었다.

"왜 말도 안 하고 왔어요. 말했으면 만사 제쳐 놓고 마중 갔을 텐데."

삼열의 다정한 말에 수화는 소리 내어 울어버렸다. 엉엉 우는 수화를 다독이며 삼열은 수화를 집으로 데리고 들어갔다.

"어떻게 된 거예요?"

"뭐가 어떻게 돼. 너 보고 싶어서 무작정 온 거지. 그런데 그 여자 진짜 구단 관계자 맞아?"

"네, 마리아라고, 구단 사무실 직원이에요. 에이전트사의 직원이 갑자기 일이 생겨서 고향집에 갔는데, 마침 마리아가 이 근처 살거든요. 그래서 브라이언 대신에 아침저녁으로 픽업해 주는 거예요. 아직 내가 운전면허증이 없거든요."

"그런데 하필이면 왜 그렇게 예쁜 여자야?"

"하하, 그거야 그 여자 부모한테 따져야죠. 안 그래도 마리아 때문에 선수들이 난리도 아니에요."

"왜?"

"왜긴 왜겠어요? 데이트 신청하느라 그런 거죠. 전 이렇게

임자가 있는 몸이라고 이야기를 해봐서 상관없어요."

그러면서 삼열은 수화에게 왼손의 반지를 흔들어 보였다. 그제야 수화는 안심하면서도 여러 번 확인을 거듭했다. 하지만 결국은 삼열의 말에 혹하고 넘어갔다. 지금의 삼열은 그 옛날의 어수룩한 그가 아니었다.

삼열은 수화에게 맞은 뒤통수를 만지며 배고파하는 수화에게 간단히 먹을거리를 만들어줬다. 머리가 아프긴 해도 기분은 좋았다. 자신을 보기 위해 한국에서 이곳까지 와준 그 마음이 너무나 고마웠다.

"전화하지 그랬어요?"

"분해서 못 했어."

수화는 삼열의 말에 눈을 흘겼지만 사실 불안해서 못 한 것이다. 혹시나 삼열이 그만 만나자고 할까 봐서다. 이유 없는 불안감이었는데 지금에야 생각해 보면 이유가 전혀 없는 것은 아니었다.

두 사람은 서로 안고 이야기를 나눴다. 수화는 삼열이 자신을 버릴 남자가 절대 아니라는 것을 알면서도 불안해져 자꾸만 그의 품을 파고들었다.

"쳇, 그 여자는 왜 그렇게 예쁜 거야?"

삼열이 충분히 설명했어도 수화는 여전히 경계심을 풀지 않았다. 그 모습은 마치 고양이가 털을 곤두세우고 갸르릉거리는 것과 비슷했다.

"내 눈에는 수화 씨가 훨씬 예뻐 보이는데요."

"정말?"

"그럼요."

삼열의 몇 마디에 곤두선 고양이의 털이 부드럽고 사랑스럽게 변했다.

"난 너밖에 없어. 그러니 너를 믿어."

삼열도 수화를 껴안았다. 그녀가 얼마나 남자들에게 인기가 많은지 잘 알고 있는 삼열로서는 이렇게 자신을 사랑해 주는 그녀가 정말 사랑스러웠다.

밤새도록 둘은 서로를 껴안고 사랑을 나눴다. 어두웠던 밤이 밝아오자 수화의 마음에도 빛이 비치기 시작했다. 절망스러운 밤이 다행스럽게도 지나갔다.

"그런데 이제부터 원정 경기라 수화 씨와 같이 있지 못해요. 시즌이 끝나면 다시 와요. 이 빈집에 수화 씨 혼자 있을 거 생각하면 내가 너무 불안해요."

"그래도 난 너와 함께 있고 싶은걸."

사실 수화는 그와 함께 살기 위해 비행기에 몸을 실었다. 하지만 부모님을 차마 버릴 수는 없다. 삼열을 배신할 수도 없지만, 그렇다고 낳아주시고 키워주신 부모님을 버릴 수는 더더욱 없었다. 힘들더라도 조금 더 시간을 가져 보기로 했다.

그렇다고 삼열을 단 하루만 만나고 한국으로 돌아가자니 불만이었다. 자신의 생각이 짧았다. 시즌 중간에 오면 삼열도 어쩔 수 없다는 것을 그녀도 잘 알고 있었는데.

하지만 반대로 단 하루라도 빨리 오기를 잘했다고 생각했다. 삼열의 옆에 막강한 여자가 있다는 것을 깨닫고는 하루빨리 부모님을 설득하여 다시 미국에 올 생각이다.

삼열은 수화를 공항에 데려다주고 구단이 제공한 버스를 타고 시합을 하기 위해 테네시 스모키즈를 방문했다.

시합을 앞둔 첫째 날은 쉬면서 한가하게 시내를 구경했다. 이번 3연전 중에 그는 두 번째 게임에 등판하게 되어 있었다.

삼열은 포틀랜드 씨 독스의 선수들이 모두 시합 준비에 몰두하고 있을 때 상대 팀 선수들의 데이터 자료를 받아 들고는 밖으로 나왔다. 그는 아직 몇 게임 뛰지는 않았지만 마이너리 그의 빠듯한 경기 일정에 적응하지 못하고 있다. 그가 한국에서 경험한 게임이라고는 아마추어 고교 야구가 다였으니까. 달라도 너무 달랐다.

꿈속에서조차 열망했던 것들이 이제 막 실현되려고 하자 삼열의 마음속에는 두려움과 승부욕이 동시에 찾아왔다. 그럴 때마다 삼열은 자신에게 강한 어조로 말했다.

"난 지지 않아, 절대 지지 않아. 나는 마운드의 지배자가 될 거야."

마인드 컨트롤에 실패하면 위대한 선수라도 그 재능을 발휘하지 못하고 평범해질 수 있다. 인간의 재능이란 승리에 대한 확신, 반드시 성취할 수 있다는 맹렬한 열망이 있을 때 잘 발휘된다. 그것을 알고 있는 삼열이 언제나 내면의 자기에게 말하곤 했다.

"난 위대한 투수가 될 거야. 나는 꿈을 향해 한 걸음씩 나아가고 있어. 그 누구도 나를 절대로 막을 수 없어."

이런 자기 세뇌에 가까운 중얼거림은 뜻밖으로 효과가 있어 긴장감이 주는 압박에서 쉽게 벗어나게 해주었다.

올 시즌에 삼열이 좋아하는 마리아노 리베라가 동료들의 타격 연습을 도와주다가 넘어져 무릎 십자인대가 파열되었다. 은퇴를 고려할 나이에 뜻하지 않은 부상에도 그는 긍정의 힘을 믿으며 다시 마운드로 돌아올 것이라고 인터뷰했다.

그렇다. 긍정은 자신의 능력을 세상으로 열어놓는 것이고 부정은 자기의 능력을 가두는 것이다. 세상에 업적을 낸 사람들은 그래서 긍정의 힘을 믿는다.

삼열도 언제든지 부상당할 수 있다. 그리고 슬럼프를 경험할 수도 있다. 모든 인간은 어떠한 형태이든 감당하기 힘든 벅찬 시련을 경험하게 되니까 말이다. 그럴 때 자신을 세상에 열어놓고 뛰어갈 준비를 한 사람만이 목표를 성취할 수 있게 된다.

삼열은 느릿느릿 걸으며 도시의 가게들을 바라보았다. 다른 선수들은 운동장에서 연습하고 있기에 이제는 돌아가 봐야 한다. 다른 선수에게 미안한 마음이 들었지만 연습만큼은 삼열이 포틀랜드 씨 독스의 선수 중에서 가장 많이 하였다. 그래서 오늘 이렇게 혼자 외출도 가능한 것이었다.

"강삼열? 맞네."

그때, 삼열의 귀로 뚜렷하게 한국말이 들려왔다. 뒤를 돌아보니 잘생긴 남자가 그를 바라보고 있었다.

"아⋯⋯."

"반가워. 나 하재영이야."

"반갑습니다."

하재영은 컵스와 계약한 더블A에 소속되어 있는 한국인 선수다. 그는 굉장한 손목 힘을 가진 타고난 슬러거로서 구단으로부터 자질을 인정받아 조만간 메이저리그에 데뷔하게 될 선수였다.

"어쩐지 이곳을 지나가고 싶더라니. 너에 대해서 시카고 팬들의 관심이 많아."

"왜죠? 전 시카고 컵스 소속 선수도 아닌데요."

"마크 프라이어라고, 너와 비슷한 선수가 시카고 컵스에 있었거든. 마침 마크 프라이어가 보스턴의 마이너리그팀과 계약을 해서 몸을 만들고 있다더라고. 모든 시카고 컵스 팬들이 그의 천재성을 아쉬워하고 있어."

마크 프라이어는 대학 최고의 투수였다. 195cm의 키에 100마일, 즉 160km/h를 던지는 투수였고 투구폼이 안정되어 있어 마이너리그를 거치지 않아도 될 정도의 제구력을 갖춘 선수였다.

그는 짧은 기간에 언터처블의 강속구를 뿌려 마이너리그를 평정했고, 메이저리그에 올라가서도 대단한 활약을 했다. 메이저리그 데뷔 첫해 6승 6패에 자책점 3.32, 그리고 다음 해에 18승 6패 자책점 2.43을 기록하면서 사이영상 투표에서 3위를 차지했다.

그러나 마크 프라이어는 대학 시절부터 지나치게 많은 공을 던졌다. 강속구를 가지고 있는 투수로 삼진을 잡는 횟수가 지나치게 많은 것도 문제였다. 풀타임 메이저리거가 된 다음 해에 211이닝을 소화했고 삼진은 245개나 잡아냈다.

삼열의 관점에서 보면 그것은 미친 짓이었다. 투수의 어깨는 깨어지기 쉬운 소모품이다. 어깨뿐만 아니라 인체의 모든 부위가 소모품이기에 아낄 수 있으면 최대한으로 아끼는 것이 좋다.

'인버티드 W'의 투구폼을 가진 마크 프라이어를 따라 하면 제구력이 좋아질 수도 있다. 하지만 이는 부상의 위험이 높은 투구폼이기도 했다.

시카고 컵스의 팬들이 그를 잊지 못하는 것은 감독인 더스티 베인 때문이다. 그는 케리 우드와 마크 프라이어라는 강력한 원투 펀치를 가지고도 월드 시리즈 진출은 고사하고 천재들을 혹사시킴으로써 선수 생명을 끝장냈다.

보스턴 레드삭스가 2004년 베이브 루스의 저주를 푼 것과는 달리 시카고 컵스는 염소의 저주가 아직도 풀리지 않고 있다.

염소를 데리고 경기장에 들어가려고 한 관중이 제지를 당하자 앞으로 시카고 컵스는 월드 시리즈에 진출하지 못할 것이라는 악담을 했는데, 그 저주가 너무나 강력한 주문이었는지 100년이 지나도 깨어지지 않고 있다.

그런데 2003년 챔피언십 시리즈 6차전에 등판한 프라이어는 7이닝 무실점으로 호투하다가 아웃될 공을 관중이 건드려 파울 플라이가 되면서 흔들렸다. 결국 6, 7차전을 플로리다 말린스에 내주면서 시카고 컵스는 월드 시리즈에 진출하지 못하게 된다.

하재영에게 프라이어에 대한 이야기를 들으며 삼열은 더욱 자신의 몸은 자신이 챙겨야 함을 느꼈다. 감독의 달콤한 유혹에 흔들려 마구잡이로 공을 던지다가는 케리 우드나 마크 프라이어처럼 한 방에 훅 가게 된다.

"형도 몸조심해요."

삼열은 자기보다 두 살 많은 하재영에게 형이라고 부르며 친근감을 나타냈다.

외국에서 만나면 애국자가 아닌 사람이 없다는 말이 있듯 삼열은 테네시 스모키즈에서 만난 하재영에게 친밀함을 느꼈다. 그것은 아마도 하재영의 성격이 명랑하고 밝기 때문인지도 몰랐다.

"그래야지. 아, 난 너무 외롭다. 넌 이제 2개월밖에 안 되었고, 또 곧 메이저리그에 올라갈 것 같은데… 부럽다. 너도 몸조심해서 던져라. 프라이어 꼴 나지 않도록 말이야."

"그래야죠."

삼열은 우연히 만난 하재영과 30분 정도 이야기를 더 하고 헤어졌다. 낯선 곳에서 반가운 한국인을 만났어도 내일은 시합이 있다.

그는 하재영과 헤어지고 나서 마이너리그에서 가장 힘든 것은 외로움이라는 말을 되새김질하며 고개를 끄덕였다. 물론 자신은 누구보다 외로움과 친밀하긴 하지만 말이다.

레드삭스 산하에는 일곱 개의 마이너리그팀이 있다. 그 수많은 선수 사이에서 살아남아 메이저리그까지 올라가는 것은 굉장히 힘든 일이고 시간도 꽤 많이 걸린다. 게다가 마이너리그에는 재능이 넘쳐나는 선수들이 너무도 많다.

삼열은 포틀랜드 씨 독스 팀의 연습장으로 돌아와 다른 선수들처럼 훈련에 동참했다. 하지만 머릿속으로 몇 가지를 정리해 놓았다. 강속구도 아주 필요한 때가 아니면 던지지 않을 생각이었다. 역시 제구력의 투수가 오래가는 법이다.

✳   ✳   ✳

드디어 하루가 가고 시합이 시작되었다. 상대 선발 투수는 데이 영이었다. 직구의 구속은 145㎞/h 전후이지만 제구력이 아주 좋은 투수다. 특히나 슬라이더로 삼진을 잘 잡는 투수이고 커브의 각도 예리하다.

경기가 시작되자 포틀랜드 씨 독스의 1번 타자로 스티븐 워스가 타석으로 걸어 나왔다. 그는 부동의 1번 타자로 선구안이 무척이나 좋은 선수다. 그리고 포기를 모르는 승부사이기도 했다. 그는 올해 조금 부진하기는 했지만 여전히 막강한 모습을 보여주고 있다.

스티븐 워스는 몸쪽으로 오는 직구를 기다리지 않고 받아쳤다.

딱.

타구가 긴 포물선을 그리며 1루수 쪽 관중석 안으로 사라졌다.

파울 플라이였다. 1루수 찰스 미론이 열심히 따라갔지만 공이 관중석으로 들어갔다.

다음 공은 변화구로 스트라이크가 되었다. 역시나 커브의 각이 크니 스티븐이 타격 타이밍을 잡지 못하였다. 특히 몸쪽으로 초구를 던졌다가 두 번째는 외곽으로 빠지는 공을 던지니 타자가 넋을 놓고 지켜보았다.

삼열은 데이 영의 공을 보고 고개를 끄덕였다. 직구의 스피드는 좋다고 할 수 없었지만 제구력이 엄청 좋았다. 공이 스트라이크존을 간신히 걸칠 정도로 교묘하게 던졌던 것이다.

'휴우, 힘들겠는데.'

그는 지능적으로 공을 던지는 투수였다. 1번 타자가 배트를 휘두르니 제3구는 몸쪽 높은 공을 던져 파울을 유도했다. 이번에는 1루수가 빠르게 뛰어가 가까스로 타구를 잡았다.

아웃 카운트 하나를 잡고 데이 영이 이를 드러내고 살짝 미소를 지었다. 그 모습이 포틀랜드 씨 독스 선수들의 심기를 건드렸다.

그는 그냥 웃었을지 몰라도 그것을 본 상대 팀에게는 '이 정도쯤이야!'로 받아들여질 만한 행동이었다.

하는 짓이 삼열과 비슷했다. 악의는 없지만 왠지 보기만 해도 주먹에 힘이 들어가는 그런 투수. 그런 그를 보며 삼열은 생각했다.

'새끼, 쪼개기는. 그래도 멋있긴 하네.'

삼열은 레이 곤잘레스 타자에게 공을 던지고 있는 데이 영을 바라보았다. 삼열은 어차피 시즌 막판에 합류했기에 팀이 지든 이기든 별 감흥이 없었다.

딱.

타구가 포물선을 그리며 멀리 날아가기 시작했다. 삼열은 장타를 예상했지만 하재영이 펜스 바로 앞에서 잡았다. 조금만 더 날아가면 홈런이 되었을 타구인데 정말 아까운 공격이었다.

데이 영은 공 다섯 개로 아웃 카운트를 두 개나 잡아내고 있었다.

'그래, 바로 저렇게 투구를 해야지.'

삼열은 상대 팀의 투수를 마음속으로 칭찬했다. 어차피 마이너리그는 피가 난무하는 정글의 세계다. 게다가 메이저리그보다 트레이드도 잦아 다른 팀으로 갈 확률도 높았다. 오늘 레드삭스 산하의 선수라 하더라도 다음 달에는 양키스팀으로 옮겨 뛸 수도 있다.

반면 메이저리그는 적어도 연봉 조정 신청이 가능한 3년 차까지는 거의 트레이드가 없다. 3년 차가 된 이후 전년도에 엄청난 성과를 거둔 선수를 해당 구단이 돈으로 잡지 못했을 때 선택하는 것이 바로 트레이드다.

"오우. 새끼, 대단한데."

알렉산더 알프레드가 삼진을 당하고 더그아웃으로 들어오는데 삼열이 상대 투수를 칭찬하자 선수들이 그를 노려보았다.

"헤이, 베이비. 그런 말은 속으로 하라고. 괜히 선수들 사기만 저하시키니까."

"아, 미안."

삼열은 순순히 선수들에게 사과했다. 로드리게스의 말대로 상대 팀 선수를 칭찬하는 것은 좋지 않다. 더구나 삼진을 당해 더그아웃에 들어오는 선수가 있을 때는 더욱 그랬다.

마침 들어오면서 삼열이 한 말을 들었는지 알렉산더가 삼열의 머리를 헝클어 놓았다.

"난 괜찮아."

"들었군."

삼열은 알렉산더에게 미안한 표정을 지었다.

"헤이, 피터! 잡아버려."

삼열이 격려를 해주자 피터 에릭 투수가 삼열을 마주 보며 웃었다.

그도 상대 팀 투수의 공을 보고 오늘 경기는 쉽지가 않을 것으로 생각하고 있었다. 직구의 스피드는 삼열이 빠르지만 제구는 데이 영 선수가 나아 보였기 때문이다.

삼열은 어제와 달리 피곤해하는 선수들의 표정에 의아함을 느꼈다. 선수들이 많이 피곤해 보였기 때문이다.

'도대체 어젯밤에 뭘 한 거야?'

삼열은 피터 에릭이 던지는 공이 미트에 꽂히는 소리를 들으며 매우 묵직한 공이라는 생각을 하였다. 저렇게 무거우면서도 빠른 공을 던지는 선수가 메이저리그에 못 올라가는 이유는 단 하나였다. 제구가 마음대로 안 되는 것.

그래도 오늘은 제법 제구가 잘되는지 피터 에릭 투수는 삼진 두 개에 내야 뜬공 한 개로 1이닝을 마쳤다. 삼열은 더그아웃으로 들어오는 피터 에릭을 보며 박수를 쳤다.

"아, 고마워."

피터 에릭이 말했다.

2회 초 포틀랜드 씨 독스의 공격.

선두 타자인 톰 신벌이 천천히 타석에 들어섰다. 삼열은 톰이 싫기는 하지만 그의 실력만큼은 인정할 수밖에 없다. 그는 꼭 필요할 때는 안타를 쳐내는 재주가 있었다.

'안타나 한 방 때려라.'

삼열은 자신의 감정을 추스르고 팀의 승리를 기원했다.

관중 한 명이 '우리는 잊지 못한다, 마크!'라는 종이 피켓을 들고 테네시 스모키즈를 응원하고 있었다. 팀이 바뀌어도 컵스의 팬들은 여전히 마크 프라이어를 사랑하고 있었다. 게다가 마크의 이름 옆에는 삼열의 성인 '강'이 같이 적혀 있었다. 아마도 삼열의 강속구가 마크를 생각나게 한 것 같았다. 정말 이해할 수 없는 응원이었다.

4회까지는 양 팀이 득점 없이 팽팽하게 경기가 흘러갔다.

4회에 제구력이 좋던 데이 영의 공에 톰 신벌이 어깨를 맞아 히트 바이 어 피치 볼이 발생하자 더그아웃에 있던 선수들이 경기장 안으로 몰려갔다.

삼열도 괜한 소리를 듣기 싫어 더그아웃에서 나와 두 팀 간의 신경전을 지켜보았다.

그런데 다음번 타자인 프레일리 게일마저도 데드볼로 진루하게 되자 레이 곤잘레스가 더그아웃 바로 앞에서 상대 팀 투수가 볼 수 있게 엉덩이를 뒤로 내밀었다. 이는 가운뎃손가락으로 상대를 무시하는 것과 비슷했다.

관중석 중에서 누군가 레이의 제스처를 보았고 주심조차 그를 주시하려고 하자 삼열이 벌떡 일어나 그의 엉덩이를 힘껏 걷어찼다.

그는 신음을 지르고 앞으로 꼬꾸라졌다. 삼열은 재빨리 관중을 향해 두 손으로 하트를 만들어 보내줬다. 그러고는 한마디 했다.

"야, 넌 이제 하다하다 관중에게까지 게이라고 낙인찍히고 싶어?"

"아, 미안."

레이는 나이도 많은 편인데 넘치는 장난기를 주체하지 못한다. 다행히 삼열의 기지로 위기를 넘기게 되자 그는 삼열에게 고마움을 표했다.

무사 1, 2루에 6번 타자인 에드릭 시버가 나왔다. 요즘 에드릭 시버는 확실히 슬럼프에서 벗어나고 있어 기대해 볼 만했다.

딱.

에드릭 시버가 친 공이 우중간을 갈랐다. 2루에 있던 톰 신벌이 공의 방향을 확인하고 뛰었다. 공은 우익수의 키를 넘어가고 있어 3루를 돌아 홈으로 뛰었다.

우익수 말티마르는 펜스에 부딪혀 튀어나온 공을 잡아 재빨리 유격수 마테에게 던졌다.

마테는 공을 잡자마자 정확하게 홈으로 송구했고 찰스 리벌튼 포수가 공을 잡아 홈으로 파고드는 톰 신벌을 정확하게 태그했다.

주심이 재빠르게 주자 아웃을 선언했다.

너무나 빠르고 간결한 수비 동작에 모두 일순 입을 다물 정도였다.

톰 신벌은 자신의 아웃을 믿을 수 없다는 표정으로 주심을 바라보았다. 정말 말도 안 된다. 자신이 생각해도 완벽한 주루플레이였다.

하지만 이곳은 더블A 리그다. 간혹 엄청난 신인 선수와 유명한 메이저리그 선수가 치료하거나 재활 훈련을 할 때 트리플A에 가지 않고 더블A에서 몸을 추스르기도 한다.

그는 자리에서 일어나 옷에 묻은 흙을 탁탁 털어내고는 고개를 숙이고 더그아웃으로 들어왔다. 동료들이 그런 그를 격려하며 등을 두드려 주었다.

원 아웃에 주자는 1, 3루가 되었다.

2루에 있던 프레일리 게일이 공이 홈으로 송구하는 것을 보고 3루로 뛴 것이다. 워낙 주자와 박빙의 승부였기에 포수 찰스 리벌튼은 주자를 태그 아웃시키고는 공을 3루에 던질 생각도 하지 못했다.

"하아, 굉장한 수비 실력이네."

"젠장, 이러면 제대로 뛰지를 못하겠어."

선수들이 상대팀 우익수의 수비 실력을 보고 혀를 내둘렀다. 말티마르는 펜스에서 튀어나오는 공을 맨손으로 잡아 논스톱으로 송구했다.

그렇지 않았다면 중간에 공을 받은 유격수가 홈으로 송구하는 시도조차도 하지 못했을 것이다.

"선 오브 비치!"

"이런, 이런 경우는 그레이트라고 해야 하는 거라고. 아무리 상대가 싸워야 하는 적이라도 잘하는 것은 잘하는 것이야."

바른 생활의 사나이 마틴 제로니아가 욕을 하는 레이 곤잘레스에게 말했다.

"워, 또 어록 나오셨네. 적어놔야지, 응?"

레이 곤잘레스가 비꼬았지만 마틴 제로니아는 대응을 하지 않았다.

1루에 있던 에드릭 시버는 헬멧을 벗어 머리를 긁으며 중얼거렸다.

"인샬라, 신의 뜻대로!"

그는 요즘 사귀는 여자 친구로 인해 이슬람 경전을 공부하고 있었다.

그의 애인 피냐는 터키에서 이민 온 이슬람 교도였다. 개종할 생각은 전혀 없지만 대충 교리 공부는 하고 있었다. 그래서 가끔 무의식적으로 종교적인 어휘가 튀어나오곤 했다.

그가 중얼거린 것처럼 이번 톰 신벌이 홈에서 아웃된 것은 상대 팀의 믿을 수 없는 환상적인 수비 때문이었고, 그것이 포틀랜드 씨 독스의 선수들의 전의를 상실하게 했다. 만약 지금과 같은 수비가 한두 번만 더 나온다면 절대로 이길 수 없는 게임이 된다.

문제는 로드리게스였다. 그는 계륵 같은 존재였다. 포수로서 투수 리드는 정말 기가 막히게 한다. 또한 타격도 나쁘지 않았다.

하지만 결정적인 순간이 오면 한없이 작아지는 새가슴이 문제였다.

"헤이, 한 방 날려."

"넌 할 수 있어."

"날려 버려. 안타 치면 내가 저녁 쏜다."

"여자 소개시켜 줄게. 네가 좋아하는 쭉쭉빵빵 금발미녀로."

모두 한결같은 마음으로 그를 응원했다.

로드리게스는 동료들의 응원을 받고 손에 힘을 주었다. 그러자 갑자기 방망이가 가벼워지는 느낌이 들었다.

'그래, 언제까지 이렇게 도망만 갈 수 없지. 병살타를 쳐도 당당해지자.'

그는 며칠 전 삼열이 다가와 한 말을 생각했다.

"로드리게스는 천재적인 재능에 바보 같은 담력을 가졌어. 사람은 누구나 실수를 해. 그것을 두려워하면 아무것도 못 해. 하지만 난 홈런을 맞으면 오히려 투지가 끓어올라. 내 공이 완전하지 않으니 더 발전할 수 있다는 것이잖아. 부족한 것을 아는 것은 신의 축복이야."

'그의 말대로 타자가 아무 때나 홈런을 칠 수 있는 것은 아니야. 이렇게 멋진 기회가 온 것을 기뻐해야지.'

차분하게 마음을 가라앉히자 로드리게스는 온몸에 힘이 넘쳐났다. 왠지 오늘은 될 것 같았다.

저 동양인 투수도 하는데 난 왜 못 할까 하는 오기가 생기자 기회가 생겼을 때 예전처럼 움츠러들지 않게 되었다.

로드리게스는 완벽주의자인 부모 밑에서 자랐다.

부모의 사랑과 관심 속에서 자랐기에 그의 성품은 온순했다. 하지만 부모님이 요구하는 기준을 항상 충족시킬 수는 없는 법이기에 결정적인 순간에는 자신감을 상실하곤 했다.

평상시에는 그의 이런 소극적인 성격이 나타나지 않았다. 왜냐하면 평소에는 남들보다 훨씬 뛰어난 결과를 내었기 때문이다.

그는 18세부터 루키 리그에서 뛰었다. 그리고 3년 만에 더블A에 올라왔다. 재능만큼은 누구보다도 뛰어났다.

그런데 더블A에 올라오고부터가 문제였다. 그는 더 이상 나아가지 못하고 더블A 리그에서만 벌써 3년째 머무르고 있던 것이다.

"난 할 수 있어."

그가 결심을 한순간 공이 날아왔다. 그런데 오늘따라 유독 공이 또렷하게 보였다. 날아오는 공의 붉은 실밥이 보일 정도였다.

그는 힘차게 배트를 휘둘렀다.

딱.

배트에 공이 맞을 때 손목에 강한 울림이 느껴졌다.

'됐어!'

로드리게스는 타구가 날아가는 방향을 슬쩍 보고는 1루로 달렸다.

"와아!"

공이 쭉쭉 날아 올라가더니 마침내 담장을 넘어갔다.

"홈런이야."

"헐~ 홈런이야. 대박!"

더그아웃에서 로드리게스의 활약을 고대했던 선수들은 벌떡 일어나 로드리게스의 홈런을 축하해 줄 준비를 했다. 인간성 좋고 사교성이 많은 로드리게스가 홈런을 치자 동료들도 매우 기쁜 것이다.

로드리게스는 자신이 홈런을 치고도 믿지 못했다. 하지만 그의 발은 어느새 1루 베이스를 밟고 2루로 향하고 있었다. 이처럼 감격적인 순간이 그에겐 별로 없었다.

물론 홈런을 처음 친 것은 아니었다. 하지만 대부분의 홈런이 승패와는 관계없는 것이었다. 지금처럼 마음을 먹고 친 것은 처음이었다. 로드리게스가 홈베이스를 밟고 동료들의 축하를 받았다.

"정말 굉장했어. 멋진데!"

"믿을 수 없을 정도로 멋진 홈런이었어!"

바로 전에 홈에서 아웃을 당한 톰 신벌도 다가와 그를 축하했다.

로드리게스는 동료들의 축하를 받으면서도 얼떨떨했다. 이렇게 자신의 존재감을 강렬하게 시합에서 드러낼 줄은 그도 예상하지 못했다.

사실 그가 결정력만 조금 더 있었다면 벌써 트리플A로 올라갔었을 것이다. 이는 데이비드 조피 타격 코치가 한 말이었으니 틀림없다.

삼열은 로드리게스가 홈런을 친 것이 기뻤다. 그만큼 포틀랜드 씨 독스 내에서 삼열에게 친절하게 대해준 사람은 없었다. 그는 성품 자체가 온후해 사람들에게 항상 친절하게 대했다.

톰 신벌이 대놓고 인종 차별적인 발언을 하는 것과는 확연히 대조적이었다.

데이 영은 호흡을 가다듬었다.

좀처럼 조금 전에 홈런을 맞은 충격에서 쉽게 벗어날 수가 없었지만 그는 이를 악물고 공을 던졌다. 초구는 조금 흔들렸지만 2구부터는 원하는 대로 공이 들어갔다. 아까도 이렇게 제구가 마음먹은 대로 되었으면 결코 홈런을 맞지 않았을 것이다.

그는 더욱 집중력을 발휘하여 후속 타자들을 삼진과 투수 앞 땅볼로 막아냈다.

"후아~!"

절대로 맞을 것 같지 않던 선수에게 홈런을 맞으니 정신이 번쩍 들었다.

"괜찮아?"

1루수 찰슨 미튼이 다가와 그의 어깨를 두드렸다.

"괜찮을 리가 없잖아."

"하필이면 오늘 같은 날에."

찰스 미튼의 말에 데이 영이 쓴웃음을 지었다. 오늘은 그의 생일이었던 것이다.

테네시 스모키즈의 공격은 5번 타자 말티마르부터였다. 말티마르는 대단한 타격 감각을 지녔다. 21세인 작년에 더블A에 들어와 뛰어난 활약을 펼쳤지만 좀처럼 콜을 받지 못하고 있었다. 올해가 끝나면 메이저리그로 승격되든지 아니면 다른 팀으로 트레이드될 것이다.

공수가 교대되면서 포틀랜드 씨 독스의 피터 에릭 투수가 공을 던졌다.

딱.

좌중간을 가르는 안타에 말티마르는 2루까지 뛰었다.

그는 정말 빠른 발을 가졌을 뿐만 아니라 오스왈츠 감독이 그를 1번 타자에 쓸까도 고민을 했을 정도로 좋은 선구안도 가졌다. 조금 전의 공도 밋밋하게 들어온 슬라이드라서 그에게 걸린 것이었다.

6번 타자가 다시 3루수 머리 위로 안타를 치고 1루로 진루하는 사이에 말티마르는 홈으로 가볍게 들어왔다.

스코어는 3 : 1.

"휴우~!"

피터 에릭이 숨을 내쉬었다. 흔들리는 그를 위해 로드리게스가 마운드로 올라왔다.

"침착해. 네 공은 나쁘지는 않아. 그러니 좀 더 집중해서 던지라고."

"알았어. 걱정하지 마."

피터 에릭도 오늘 자신의 공이 나쁘지 않은 것을 잘 알고 있었다. 그런데도 실점을 했으니 기분이 나빠질 순간에 로드리게스가 올라온 것이었다. 안정을 되찾은 피터 에릭은 다음 타자들을 착실하게 잡아 삼자범퇴시켰다.

그가 이닝을 마치고 들어오자 선수들이 그의 등을 두드리거나 머리를 치며 격려했다.

이런 행동은 사소한 것이긴 하지만 팀워크를 다지는 데 없어서는 안 되는 행동이었다. 흔들리는 선수를 다잡아주는 역할을 하기 때문이다.

6회까지 양 팀은 더 이상의 득점 없이 지나갔다. 7회가 되자 투구 수가 많았던 피터 에릭이 마운드에서 내려오고 불펜 투수인 잠비라노가 올라갔다.

잠비라노는 방어율이 3.25로 나쁘지 않았지만 기복이 심한 편이었다. 어떤 날은 퍼펙트에 가깝게 자신의 임무를 완수하지만 다음 날은 방화범이 되어 상대 타선에 불을 지르곤 했다.

오늘은 불행하게도 방화범이 된 날이었다. 나오자마자 초구부터 두들겨 맞더니 감독이나 투수 코치가 손을 써볼 사이도 없이 3실점을 해버린 것이다.

피터 에릭의 승리 하나가 날아가 버렸다. 그래서인지 유난히 피터 에릭의 얼굴이 좋지 않았다. 그도 그럴 것이 그는 승수에 목말라하고 있는 시점이었다.

방어율이 다소 낮아졌으나 5승 8패라는 부진한 성적 때문에 하이 싱글A 팀으로 강등될 것 같아 요즘 마음을 졸이고 있었다.

그러한 사실을 아는지 에드릭 시버가 그의 어깨를 두들기며 위로를 했지만 그의 표정은 좀처럼 펴지지 않았다.

결국 잠비라노가 강판을 당하고 다음 투수가 나가서 이닝을 마무리했다. 그럼에도 그가 출루시킨 한 명이 득점하는 바람에 5 : 3으로 역전을 당했다.

삼열은 분위기가 안 좋아진 더그아웃에서 조용히 나와 라커룸 옆의 간이 의자에 앉아 물을 마셨다. 오늘 경기에는 중요한 의미가 있었다.

원정 6연전의 시작이었는데 승리의 분위기를 불펜 투수가 날려 버린 것이다.

원래 뭐든지 막바지가 중요한 법이다. 특히 일곱 개의 마이너리그 팀이 있는 레드삭스의 경우 그만큼 치고 올라오는 선수들이 많기 때문에 한시라도 긴장을 멈춰서는 안 된다.

프로의 세계에서 긴장을 늦추는 순간 도태가 시작되는 것이다. 원하는 사람은 많은데 자리는 한정되어 있으니 말이다.

결국 경기는 패하고 말았다.

몇몇 선수들은 오늘 패배에 민감하게 반응했는데, 왜냐하면 메이저리그의 확장 로스트가 끝나고 올라갔던 선수들이 돌아오면 아래 단계로 내려갈 선수들이 생겨나기 때문이다.

"젠장, 이제 내가 문제군."

삼열은 숙소로 돌아와 혼자 방에 있었다.

팀 분위기가 흉흉했다. 첫 원정 게임은 팀 사기에 있어서 굉장히 중요했다.

첫 경기를 승리로 시작하면 그만큼 여유를 가지고 다음 경기를 준비할 수 있기에 선수들은 승패에 대단히 민감한 편이었다.

삼열은 일찍 잠자리에 들었다.

아침이 되니 가라앉았던 팀 분위기가 조금은 나아져 있었다.

따사로운 햇살이 정원의 나무 사이로 내리비치고 있었다.

"왠지 오늘도 좋은 일이 일어날 것 같군."

삼열은 웃으며 아침을 먹었다. 그리고 점심을 먹자마자 일찍 경기장에 도착하여 몸을 풀었다. 한창 몸을 풀고 있는데 누군가 다가왔다.

"하이, 삼열!"

"아, 형."

삼열은 인사를 건네는 하재영을 반갑게 맞이하였다.

"오늘 잘 던져라. 그리고 나한테는 살살 던지고."

"봐서 이기고 있으면 눈감고도 칠 수 있는 공 하나 던져 줄게요."

"이거, 승부 조작인데."

"하하, 승부에 영향이 가지 않는 서비스 차원이죠."

"흠, 기대를 해봐야겠군."

하재영이 웃으며 지나갔다. 그도 몸을 풀면서 배트로 타격 연습을 하였다.

3. 시작, 마이너리그 V

MLB
메이저리그

얼마 지나지 않아 양 팀의 선수들이 모여 인사를 하였다.

오늘은 더블 헤드다. 하루에 두 경기를 소화해 내야 한다. 일정이 이상하게 꼬이는 바람에 세 경기를 이틀 내에 소화하게 되었다.

삼열은 마운드에 서서 연습구를 던졌다. 공이 손에 착착 감기는 것이 느낌이 좋았다. 미트에 박히는 소리도 괜찮았다. 공은 묵직했고 공 끝의 무브먼트도 좋았다.

잠시 후 미국의 국가를 부르고 나서 경기가 시작되었다. 삼열은 상대 투수가 던지는 공을 더그아웃에서 지켜보았다. 직구의 구속이나 변화구의 각을 보건대 쉽게 공략할 수 있을 것 같았다.

어제 경기에서 져서인지 포틀랜드 씨 독스 선수들은 오늘 경기를 벼르고 있었다. 몇몇 선수들은 비장한 눈빛으로 파이팅을 외쳐 분위기를 달궜다.

"아, 분위기가 괜찮군."

삼열이 말하는 것을 들은 레이 곤잘레스가 한마디 했다.

"이번에야말로 프레일리의 엉덩이를 발로 차줄 수 있겠군."

둘은 묘한 라이벌 관계인지 사사건건 서로 마찰을 일으켰다. 그렇다고 경기에 영향을 미치는 것은 아니지만, 어쨌든 주위에서 지켜보는 사람들은 즐거웠다.

그때였다.

딱.

레이 곤잘레스가 밖으로 뛰어나갔다. 레이 곤잘레스는 스티븐 워스가 시간을 좀 끌어줄 거라 생각해 막 일어나 배트를 몇 번 휘두르려 했는데, 그는 초구에 1루로 진출한 것이다.

"오, 한 건 했네."

"레이가 당황했나 봐요. 막 일어나려고 엉덩이를 들었는데 1루로 출루를 했으니."

"하여튼 레이는 말하는 것을 너무 좋아해서 탈이야."

아무리 그렇다 하더라도 2번 타자가 타격 준비를 하지 않고 있었던 것은 분명히 문제가 있었다.

물론 그는 입구에서 있다가 총알같이 뛰어나갔으니 그다지 문제가 있는 것은 아니었다. 누가 1번 타자가 초구의 공을 치고 안타를 만들 것이라고 생각하겠는가.

레이 곤잘레스는 5구 끝에 1루와 2루 사이를 꿰뚫는 안타를 치고 1루에 진루했다. 확실히 상대 투수의 공에 문제가 있어 보였다.

"이거, 투수가 바뀌기 전에 대량 득점을 해놓는 게 좋을 것 같은데."

"후후."

삼열은 공을 던질 때마다 움찔하는 상대 투수의 얼굴을 보고는 그가 부상을 숨기고 있음을 눈치챘다.

'하아~ 달콤한 악마의 유혹에 넘어가 몸을 갉아먹는 짓을 하고 있군.'

작은 부상이라면 경기에 영향을 주지 않고 투구를 할 수는 있다. 그러나 인간의 몸이란 쉴 때 쉬어줘야 제대로 회복할 수 있다. 더구나 작은 부상이라도 숨기지 말고 빨리 치료를 받는 것이 좋다. 그렇지 않으면 호미로 막아도 될 것을 가래로 막게 된다.

'적어도 저 정도면 감독도 알아챌 텐데.'

하여튼 테네시 스모키즈 코칭스태프들의 무신경은 알아줄 만했다. 더서티 베인 감독만 그런 게 아닌 모양이었다.

투수의 어깨가 고무로 만들어진 것으로 착각하는 감독이 있다면 선수의 어깨가 고장 나는 것은 순식간이다.

상대 팀의 불펜에서 투수들이 몸을 풀기 시작하는 사이에 3번 타자 알렉산더 알프레드가 타석에 섰다.

알렉산더는 타석에서 상대 투수를 노려보았다. 그리고 공이 가운데로 몰리자 배트를 날카롭게 휘둘렀다.

딱.

공은 중견수의 키를 넘어가 바운드된 상태로 굴러갔다. 무사 1, 3루에 있던 포틀랜드 씨 독스의 주자들은 알렉산더의 안타로 모두 홈으로 들어와 득점했다. 출발이 좋았다.

무사 2루에 4번 타자 톰 신벌이 들어섰다.

삼열은 톰 신벌이 싫지만 그가 안타를 쳐야 자신이 공을 수월하게 던질 수 있기에 할 수 없이 그를 응원했다.

"저 바보가 안타를 칠까?"

삼열의 옆에 앉은 마틴 제로니아가 에드릭 시버에게 말했다. 에드릭은 그를 보며 말했다.

"원래 바보가 찬스에 강하다고."

"그런가?"

평소에 잘난 체하는 톰 신벌은 알고 보니 다른 선수들로부터 무시를 받고 있었다. 그 모습을 보며 삼열은 인생이 공평하다는 생각을 했다. 그때 딱 하는 소리와 함께 톰 신벌이 안타를 치고 나갔다. 그리고 다시 무사 1, 3루가 되었다.

"오늘은 계를 타는 날이군."

에드릭이 타격을 하기 위해 나갔다. 5번 타자가 타석에서 병살을 쳐 투 아웃이 되었고 3루 주자는 홈으로 들어왔다. 6번 타자 에드릭이 배트를 좌우로 흔들고 나서 타석에 섰다.

"좋았는데."

무사 1, 3루의 찬스가 날아가 버렸으니 아쉬울 만도 했다. 그것은 더그아웃에 있는 선수들도 마찬가지였다.

삼열은 관중석이 가득한 것을 보고 오늘은 멋진 경기를 할 생각을 했다.

투수는 야간 경기가 상대적으로 더 유리하다. 오늘은 더블 헤드이기에 관중들이 아예 만반의 준비를 해온 듯 차분하게 경기를 지켜보면서 음료수와 간식거리를 꺼내서 먹기도 했다.

'한국은 1군 경기도 오늘처럼 평일에 열리면 빈자리가 허다할 텐데.'

역시 미국이다. 영국 사람들이 축구를 사랑하듯 미국인은 미식축구와 야구를 사랑한다.

투수가 공을 던지자 6번 타자 에드릭이 힘차게 배트를 휘둘렀다. 공이 3루를 지나 라인 바로 안쪽으로 떨어졌다. 에드릭은 2루로 진루했다. 이제 7번 타자 로드리게스의 타순이었다. 그는 어제 3점 홈런을 쳐서 그동안의 부진을 털어내었다. 그런데 그의 앞에서 상대 팀의 투수가 바뀌었다.

"아, 아깝다."

누가 그 말을 했는지 모르지만 삼열도 지금까지 던진 투수가 계속 던졌으면 자신의 팀이 유리할 것이라고 생각했다. 새로 바뀐 투수가 연습구를 마치자 로드리게스가 타석에 들어섰다.

바뀐 투수의 초구를 노리라는 말이 있듯 로드리게스는 투수의 초구를 쳐서 안타를 만들어냈다. 2루에 있던 에드릭이 홈으로 들어왔다. 그리고 그다음 타자는 삼진으로 물러났다.

긴 1회 초가 끝나자 삼열은 어슬렁거리며 마운드로 걸어나갔다. 하지만 그의 눈빛은 초원을 누비는 사자의 그것과도 같았다.

삼열은 발로 투수 발판을 탁탁 쳤다. 오늘은 자신의 날이 될 것이다. 아침부터 몸이 좋았다. 좋지 않다고 하더라도 승리할 자신이 있는데 1회 초부터 4점을 먹고 들어가니 마음이 꽤나 상쾌하였다.

"그래도 방심하지 말자. 나는 마운드의 왕이다."

삼열은 특히나 초구에 신경을 썼다. 처음과 끝이 가장 위험하니까.

"자, 받아랏!"

삼열은 바깥쪽으로 포심 패스트볼을 던졌다.

펑.

"스트라이크."

묵직한 공이 바깥쪽에 꽉 차서 들어갔다. 상대 타자가 삼열의 공을 보더니 고개를 흔들었다. 95마일, 152㎞/h의 직구였다.

삼열은 어제 마크 프라이어의 혹사 사건을 듣고 더욱 몸조심하기로 마음먹었다.

물론 자신의 몸에는 어지간한 부상에도 견뎌낼 수 있는 신성석이 있다. 하지만 아직 성장이 멈추지 않은 단계다. 미세하지만 키도 크고 있고, 몸의 근육도 자라고 있었다. 끝없는 훈련 덕에 어깨 근육을 비롯하여 전체적으로 몸의 균형이 좋아지고 있었다. 이런 때에 무리하는 것은 바보다.

삼열은 자신이 루게릭병에 걸렸어도 누구 하나 위로해 주지 않았던 과거를 생각했다. 역시 자기 몸은 자기가 챙겨야 한다. 그러니 오늘처럼 코너워크가 잘되는 날은 굳이 무리해서 빠른 공을 던질 필요가 없다.

삼열은 1번 타자가 바깥쪽 꽉 찬 공에 약하다는 기록을 읽고 바깥쪽으로 던져 보았다. 그랬더니 정말 손도 대지 못하고 있었다.

'그래도 같은 곳에 던지는 것은 위험하겠지?'

로드리게스 포수도 삼열과 같은 생각을 했는지 몸쪽 공을 요구했다. 삼열은 투심 패스트볼을 던졌다. 공이 몸쪽 위로 날아갔다. 1번 타자 로우는 반사적으로 배트를 휘둘렀다.

틱.

공은 데굴데굴 굴러 투수 앞 땅볼이 되었다. 삼열은 침착하게 공을 잡아 1루로 던졌다.

'음하하하, 굳이 삼진을 잡을 필요 없지.'

삼열은 강속구 투수가 어떻게 망가지는지를 이상영에게 자세히 들었다. 강속구 투수는 자신의 존재감을 삼진으로 나타내려는 경향이 강하다. 물론 삼진은 완벽하게 상대를 굴복시키는 방법이다.

하지만 삼진은 아무리 투수가 공을 잘 던져도 최소한 세 개는 던져야 한다. 그리고 삼구 삼진이라는 게 말처럼 쉬운 것도 아니기에 투수의 투구 수는 늘어날 수밖에 없다. 그런 이유로 위대한 투수 사이 영도 엄청난 강속구가 있음에도 맞혀 잡는 투구를 하지 않았는가.

삼열은 2번 타자에게 컷 패스트볼을 던져 3루 땅볼을 만들어냈다. 3루수가 안전하게 공을 잡아 1루에 던져 아웃 카운트 하나를 더 만들었다. 공 세 개로 투 아웃을 잡은 것이다.

이것이 가능한 이유는 포틀랜드 씨 독스가 1회에 4점이나 냈기 때문에 상대 팀 선수들의 마음이 조급해져서였다. 지고 있는데 상대 투수의 공이 별로 위력적이지 않다 싶으면 스윙을 안 할 수가 없다.

'완전히 날로 먹는군.'

삼열은 성급한 타자들을 상대로 쉽게 아웃 카운트를 잡아냈다.

그가 1회를 마쳤을 때 던진 공은 겨우 여섯 개였다. 그리고 이런 상황이야말로 삼열이 가장 원하는 투구 형태였다.

'흐흐, 많이 던져서 힘들게 잡을 필요가 있나? 강력한 존재감은 결정적일 때만 드러내면 되는 거야.'

메이저리그에 올라가기 위해서는 확실히 존재감을 어필해야만 한다. 하지만 최근 메이저리그는 투수 기근에 시달리고 있어 삼열이 굳이 무리할 필요까지는 없었다. 괜찮은 투수들이 작년과 올해 부상으로 줄줄이 DL에 올랐던 것이다.

삼열이 더그아웃으로 들어오자 동료들이 그를 보고 엄지손가락을 세웠다.

"멋졌어! 베이비."

"너 정말 대단했어."

모두 점수가 앞서고 있어 기분이 들떠 있는 듯 보였다. 선수들은 삼열이라면 어제처럼 다 이긴 경기를 허무하게 놓치지는 않으리라고 생각했다.

투구 수를 영악하게 관리하는 삼열이라면 지난 첫 경기처럼 완투하지 못한다고 하더라도 중간계투를 거치지 않고 바로 마무리 투수에게 넘겨줄 확률이 높았다.

삼열은 어제와 마찬가지로 자신을 응원하는 피켓을 보고 의아한 생각이 들었다. 리그가 달라 자신을 알지 못할 터인데 이상했다.

"레이, 저기 나를 응원하는 피켓 보이지?"

"어, 맞아. 벌써부터 애송이를 응원하는 팬이 생기다니 놀라운데."

"저들이 어떻게 나를 아는 거야?"

"아~ 그건 가끔 팬 중에서 우리 경기를 찍어서 유튜브에 올리거나 인터넷으로 소식을 전하는 사람들이 있어. 저번에 네가 인상적인 투구를 했으니 당연히 올렸겠지."

"그러면 유튜브를 통해서 나를 알게 되었다는 거야?"

"흠, 너 정도면 아마 시카고의 지역 방송에서 다루었을지도 몰라. 거 있잖아, 트리플A에서 계속 몸만 만들고 있는 비운의 천재 투수이자 전 컵스의 투수 마크 프라이어. 그 사람을 취재하다가 너를 우연히 알고 방송에 내보냈을 수도 있었을 거야."

"인터뷰 요청도 없었는데?"

"헤이, 요, 요! 당연히 없지. 네가 무슨 대스타라도 된 줄 알아? 걔네들은 취재만 한 것만으로도 굉장히 잘난 체를 하는 놈들이라고. 걍 지들 꼴리는 대로 하는 거야."

레이 곤잘레스는 이야기를 하는 도중에 1번 타자가 타석에 서는 것을 보고 황급히 나갔다. 삼열은 더그아웃에서 의자에 몸을 기대며 천천히 상대 투수를 관찰했다.

새로 바뀐 투수는 제구력이 안정되었지만 공은 그다지 위력적이지 않았다.

'테네시 스모키즈의 선발투수진이 무너진 것인가?'

아무리 생각해도 그것이 아니면 오늘의 투수진 운영이 이해가 되지 않았다.

2회 들어 선두 타자인 스티븐이 안타를 치고 나갔고 레이 곤잘레스가 병살을 쳐서 투 아웃이 되었다. 그러나 3번 타자가 2루타를 터뜨리고 4번 타자 톰 신벌이 안타를 쳤다. 결국 2회에 1점을 또 내고 공수가 교대되었다.

삼열은 야구공을 손에 들고 빙글빙글 돌리며 마운드에 서서 관중을 잠시 바라보았다. 그리고 갑자기 슈퍼맨 포즈를 취했다. 그러자 관중석에서 박수가 터져 나왔다. 그리고 일부 관중은 일어서서 두 손을 들고 환호했다.

덕분에 삼열은 주심에게 주의를 들었다. 하지만 그런 주심도 피식 웃었다. 원래 이런 별종이 있어야 야구가 재미있어진다.

삼열이 주의를 받아도 포기하지 않는 이유는 이런 캐릭터로 고정되면 으레 하는가 보다 하고 그냥 넘어가게 되기 때문이다. 캐릭터를 만드는 것은 처음에는 무척 힘들지만 나중에 가서는 재미있어진다.

그리고 재미있는 사람이 되어야 대중의 인기를 얻을 수 있다. 엄숙한 표정으로 무시무시한 강속구를 뿌린다고 사람들이 좋아하는 것은 아니다.

실력이 좋으면 팀을 위해 필요한 선수일 뿐, 팬들에게 사랑을 받는 것은 아니다.

대중은 선수에게 평범함 그 이상의 것이 있어야 사랑을 한다.

베이브 루스에게는 홈런이, 월터 존슨에게는 417승과 110 완봉이, 테드 윌리엄스에게는 타격의 정교함이, 그렉 매덕스에게는 제구력이, 칼 립켄 주니어에게는 16년간의 연속 출장이 있었다.

하지만 삼열은 그들보다 더 빨리 사랑을 받는 방법을 알고 있다. 캐릭터를 만드는 것이다.

이 투수라면 믿을 수 있어, 하고 말할 수 있는 투수가 되는 것. 그런데 그 투수가 재미까지 있다면 얼마나 좋겠는가. 물론 실력이 뒷받침되지 않는다면 그러한 행동은 오히려 처량하게 보일 수 있으니 변함없는 실력이 기반이 되어야 한다.

삼열이 마운드에서 서자 관중들이 환호했다. 마치 홈구장에 온 것 같은 느낌이 들 정도로 열렬한 응원이었다. 적어도 테네시 스모키즈의 팬들은 어리석은 감독보다는 현명한 것 같았다. 경기를 즐길 줄 아니까 말이다.

베인 감독은 2002년 랜디 존슨과 커트 실링의 맹활약을 보고 메이저리그에 막 올라온 케리 우드와 마크 프라이어를 혹사시켜 그들의 어깨를 망가지게 만들었다.

삼열은 상대 타자에게 유인구를 던져 맞혀 잡았다. 4번 타자를 삼진으로 잡고 5번 타자는 외야 플라이로, 6번 타자는 다시 삼진으로 잡았다. 단 한 번도 같은 타자에게 같은 구질의 공을 던지지 않았다.

그에게 다양한 구종은 없지만 오늘따라 제구가 잘돼 무슨 공을 던지든 마술에 걸린 듯 포수의 미트로 빨려 들어갔다.

"와우!"

삼열은 마운드에서 내려오면서 나지막하게 기쁨의 소리를 질렀다. 그의 구위에 놀란 듯 상대 타자들은 제대로 타격을 하지 못했다.

"강, 너 오늘 컨디션이 좋은가 봐?"

"네, 괜찮네요."

삼열은 밥 키퍼 투수 코치의 말에 웃으며 대답했다. 밥 키퍼 코치도 삼열의 등을 두드리며 어린 투수를 격려했다.

그는 나이가 어린 삼열이 이렇게 완벽하게 경기를 운영할 줄 꿈에도 생각하지 못했다. 그는 삼열이 강속구가 있고 제구도 좋아 평균 이상은 할 것으로는 생각했지만 이건 기대 이상이었다.

삼열이 어떤 타자 앞에서도 위축되지 않는 강한 심장을 가지고 있는 것을 보고 메이저리그에서도 통할 것을 예감했다.

'대어를 낚았군.'

레드삭스가 그에게 지불한 220만 달러는 그들의 입장에서는 사실 큰돈이 아니었다. 다만 이전에 계약을 잘못해서 먹튀하는 선수가 유난히 많아 보수적으로 계약했다.

양키스도 동시에 그에게 오퍼를 넣은 것으로 알고 있었는데 레드삭스를 선택한 것은 의외였다. 그는 삼열을 바라보며 내년에는 바로 메이저리그에 올려보낼 것을 결심했다.

3회가 시작되자 이제 안정을 찾았는지 상대 투수가 뛰어난 경기 운영으로 더 이상 점수를 내주지 않았다.

'상당하군.'

삼열은 상대 투수를 바라보았다. 공이 위력적이라기보다는 타자의 심리를 꿰뚫고 허점을 파고들면서 공을 던졌다. 커브를 기다리면 투심 패스트볼을 던지고, 직구를 기다리면 체인지업을 던졌다.

릭 웨렌의 경기 운영 능력은 타의 추종을 불허했다. 삼열은 그의 투구 패턴을 보고 배우는 바가 많았다.

만약 그에게 150㎞/h에 달하는 강속구 하나만 있었다면 당장 메이저리그에 올라갔으리라.

문제는 저렇게 훌륭하게 경기를 운영해도 메이저리그의 타자들을 만나면 쉽지 않다는 것이다. 워낙 힘과 기술이 좋은 타자들이 많다 보니 어지간한 공은 모두 담장을 넘겨 버린다.

5회를 넘어가자 힘이 떨어지기 시작했는지 릭 웨렌의 공이 타자들이 휘두른 배트의 중심에 맞아가기 시작했다.

"이제 곧 무너질 것 같은데."

어제 승리 투수가 될 요건을 갖추고도 불펜 투수에 의해 승리가 날아간 피터 에릭이 말했다.

"너 이제 좀 괜찮니?"

어제 어깨를 축 늘어뜨리고 숙소로 들어갔던 그의 표정이 오늘은 다소 밝아 보였다.

"어쩔 수 없지, 뭐. 이미 지난 경기고, 그 사실은 변하지 않으니까. 앞으로 남은 시합에나 집중해야지."

삼열은 그에게 최고라는 의미로 엄지손가락을 치켜세웠다. 그러자 피터 에릭이 피식 웃었다.

선두 타자로 나갔던 레이 곤잘레스가 볼넷을 골라 1루에 진출했다. 그는 1루에서 리드 폭을 조금 넓게 잡았다. 그렇게 하니 릭 웨렌이 견제구를 던지느라 제대로 투구를 할 수 없게 되었다.

딱.

호쾌한 소리와 함께 3번 타자 알렉산더가 안타를 치고 나갔고, 1루에 있던 레이 곤잘레스가 3루까지 갔다. 또다시 포틀랜드 씨 독스 팀에 찬스가 왔다.

어제의 복수가 시작된 것이다.

톰 신벌이 타석에서 힘껏 배트를 휘둘렀다.

딱.

톰 신벌은 두 손을 들고 제자리에서 팔짝팔짝 뛰었다.

홈런이라고 생각하고 1루로 가는데 1루심이 그를 막고 타석으로 되돌아가라고 했다. 톰 신벌이 의아한 표정으로 1루심을 바라보자 그가 조금 전의 공은 파울이라고 선언했다. 왼쪽 폴대 근처로 날아가던 공이 마지막에 바람의 영향으로 미세하게 바깥으로 휘어졌다는 것이다.

톰 신벌은 얼굴이 붉히며 항의했지만 받아들여지지 않았다. 포틀랜드 씨 독스의 코칭진이 이의를 제기하고 나서야 주심이 비디오 판독을 했다. 하지만 판독 결과 명확한 파울이었다.

톰 신벌은 기분이 엉망이 되었다. 홈런의 흥분과 파울 선언의 허탈감이 그의 타격 밸런스를 무너뜨렸다.

결국 투 스트라이크 쓰리볼이 되었다. 주자들은 이제 뛸 준비를 했다. 단타 하나면 3루 주자가 홈으로 들어오는 것은 시간 문제였다.

톰 신벌은 공이 날아오자 반사적으로 배트를 휘둘렀다.

딱.

2루수가 빠르게 굴러온 공을 잡아 1루로 던졌다. 이미 그가 공을 잡았을 때 3루 주자는 홈베이스를 밟고 있었고 1루 주자도 스타트가 빨라 더블아웃을 시키기에는 늦었다.

톰 신벌은 그라운드에 침을 뱉고는 더그아웃으로 돌아왔다. 어쨌든 진루타를 쳐서 1타점은 올렸기에 나쁘지는 않았지만 아깝게 날아간 홈런이 자꾸 생각났다.

타자들은 홈런이라고 생각했던 공이 파울로 확정되면 맥이 빠져 삼진이나 땅볼, 또는 플라이볼로 아웃되는 경우가 많다. 이것은 심리적인 측면이 워낙 강해 쉽게 극복되지 않는다.

삼열의 옆에 있던 피터 에릭이 말했다.

"오늘은 그래도 지지는 않겠군."

"그러게, 징조가 좋은데."

"그런데 너 진짜 대단하더군."

"뭐가?"

"그런 강속구를 가지고 있으면서도 맞혀 잡으니 말이야."

"후후, 삼진이 매력적이긴 하지. 하지만 타자를 더 쉽게 잡을 수 있으면 그것을 선택해야지. 랜디 존슨같이 기형적인 상체를 가지지 않고서는 삼진 투수가 롱런할 가능성은 정말 적어."

"하긴, 그렇기는 하지만 강속구 투수에게는 쉽지 않은 것이기도 하지."

"우리 파이팅하자고."

삼열과 피터 에릭의 이야기가 길어져도 포틀랜드 씨 독스의 공격은 계속되고 있었다. 중간에 투수가 다시 바뀌어서 공격이 더 길어지기도 했다.

그때였다.

딱.

"엇!"

"홈런이다."

로드리게스가 어제에 이어 다시 3점 홈런을 날리고 환호하며 1루를 돌고 있었다. 이제 포틀랜드 씨 독스에 새로운 홈런 타자가 등장한 것이다.

항상 찬스에 약하던 로드리게스가 이제는 기회만 되면 펄펄 날았다.

모든 선수가 그를 맞을 준비를 했다. 역시 타격의 꽃은 홈런이 맞았다. 삼열도 더그아웃으로 들어온 로드리게스와 하이파이브를 했다.

'하하. 오늘은 어떻게 하든 이길 수밖에 없는 날이네.'

삼열은 로드리게스를 축하해 주고는 다시 벤치에 앉았다.

로드리게스는 완전히 자신감을 회복하여 환한 얼굴로 웃고 있었다.

"이거, 공격이 너무 길어지네."

"후후."

삼열은 자리에서 일어나 몸을 좌우로 움직이며 근육이 굳어지는 것을 예방했다. 투수가 이번 이닝처럼 오래 쉬면 체력 안배에는 도움이 되지만 몸이 굳어지고 감각이 무뎌지는 단점도 있다.

"오늘 승리는 확실하네."

레이 곤잘레스가 삼열에게 다가와 말했다. 그런 그의 모습을 보고 삼열이 피식 웃었다.

"어, 너 왜 웃냐?"

"내 입 가지고 내가 웃는데 뭐가 잘못됐어?"

"아니, 그거는 아니지만… 어째 애송이의 존재감이 하루가 다르게 커지는데? 불안하네."

"원래 내가 너보다 키가 더 크거든."

"끙, 말을 말자."

레이는 말이 끝나자마자 타자들이 있는 곳으로 가서 선수들과 수다를 떨기 바빴다.

컵스의 감독은 이번 경기를 포기했는지 더 이상 투수를 교체하지 않았다. 포틀랜드 씨 독스의 선수들은 5회에만 5점을 얻어 스코어가 9 : 0이 되었다.

공수 교대.

삼열은 오늘은 완벽하게 제구가 되어 어떤 공이든 기가 막히게 들어갔다. 특히나 컷 패스트볼이 위력적으로 휘어져 들어가자 상대 타자들이 대처하지 못했다. 거기에 커브와 체인지업까지 섞이니 퍼펙트해졌다.

시카고 컵스 산하 더블A 리그의 테네시 스모키즈는 작년에 83승이나 거둬 리그에서 좋은 성적을 거두었는데 올해는 그렇게 하지 못했다.

설상가상 메이저리그 확장 로스트로 주력 선수들이 빠져나가면서 팀 분위기가 많이 풀어진 상태였다.

삼열은 4번 타자 버트 러셀에게 커브를 던졌다. 버트는 초구부터 삼열의 공을 노리고 쳤다.

딱.

타구가 1루 파울라인 쪽으로 살짝 벗어나는 것을 1루수 톰 신벌이 뛰어가 공을 잡았다. 그런데 그가 공을 잡다가 넘어졌다. 그리고는 한동안 일어나지 못하여 의료진이 그의 몸 상태를 점검했다. 경기는 잠시 멈추어졌고 동료 선수들은 걱정스러운 눈으로 바라보았다.

잠시 후에 감독은 1루수를 에냐 슈만 선수로 교체했다. 이미 승패가 갈린 경기에 주전 선수를 무리하게 출전시킬 이유가 없었던 것이다.

'쩝, 죽기 살기로 안 뛰어도 충분했는데.'

삼열은 밉상인 톰 신벌이 절뚝거리며 사라지자 마음이 좋지 않았다. 넘치는 파이팅은 좋은데 이미 승패가 갈린 경기에서 저렇게 무리할 필요는 없다.

삼열은 5회 1아웃까지 불과 33개의 공을 던졌다. 위력적인 구질을 가지고 있기에 상대팀 타자들이 공을 기다릴 수 없었던 것이다.

기다려 봐야 삼진을 당하니 공격적으로 나왔지만 그것은 오히려 삼열을 도와주는 꼴이었다. 만약 삼열이 힘으로 찍어 누르려고 했으면 지금보다 더 많은 공을 던져야 했을 것이다.

5번 타자 말티마르가 타석에 들어서면서 중얼거렸다.

"무조건 친다!"

말티마르의 말을 들은 로드리게스가 조용하게 웃었다. 그가 생각해도 삼열의 공은 언터처블이다. 처음 그는 삼열의 커터를 받았을 때 깜짝 놀랐었다. 공의 회전과 변화가 그의 예상보다 컸기 때문이다.

그리고 요즘은 삼열의 제구가 더욱 정교해지고 있었다. 그가 알기로 삼열은 상상도 못 할 정도로 많은 훈련을 통해 제구력을 가다듬고 있었다.

삼열이 와인드업하자 타자가 바짝 몸을 움츠렸다. 그는 공이 스트라이크존으로 빠르게 날아오자 무의식적으로 배트를 휘둘렀다. 이렇게 몸이 자동으로 움직이지 않으면 강속구를 받아칠 수 없다. 그런데 날아오던 공이 타자 앞에서 옆으로 휘었다.

딱.

데굴데굴.

공이 배트에 빗겨 맞아 3루 쪽으로 굴러갔다. 말티마르가 고개를 숙이고 재빨리 1루로 뛰었다. 3루수가 뛰어나와 공을 잡아 1루로 던졌다.

"아웃."

1루심이 우렁차게 아웃을 선언하자 포틀랜드 씨 독스의 선수들이 환호했다.

테네시 스모키즈의 선수들은 경기를 포기했는지 빠르게 공격을 시도했다.

막강한 투수가 마운드를 지키고 있는데 9실점이나 하고 있으니 의욕이 날 리 없다.

순식간에 공수가 교대되었다. 삼열은 6번 타자 마테마저 공

세 개로 잡아버렸던 것이다.

점수 차가 많이 나자 포틀랜드 씨 독스 타자들도 경기를 빨리 끝내려고 서두르기 시작했다. 왜냐하면 오늘은 또 하나의 경기가 남아 있기 때문이다.

테네시 스모키즈 선수들도 같은 마음이었는지 순식간에 경기가 끝났다. 9회말 2사 후의 기적 같은 것은 생각하지도 않았다. 덕분에 삼열은 두 번째 경기를 완봉승으로 마칠 수 있었다.

"하~ 너무 빨리 끝났네."

삼열은 두 시간도 안 걸린 경기를 생각하자 헛웃음이 났다. 기쁘긴 했지만 뭐가 뭔지 모를 정도로 후루룩 시간이 지나갔다.

"헤이, 베이비. 오늘 경기 엄청났어."

"넌 우리 행운의 마스코트야."

"됐거든. 그런 마스코트는 너나 해라."

"하하."

삼열이 눈을 부라리며 말하자 선수들이 배를 잡고 웃었다. 어제 다 이긴 경기를 역전패당한 그 복수를 오늘 단단히 할 수 있어서 기분이 좋았던 것이다.

"아, 우리는 좀 쉬었다가 다시 경기해야 하니 넌 알아서 저기 아기들하고 놀아라."

로드리게스가 3루 쪽 응원석을 가리켰다. 거기는 삼열을 응원해 줬던 팬들이 있는 곳이다.

선수들이 우르르 라커룸으로 몰려갔다. 삼열은 그라운드를 가로질러 3루 쪽으로 다가갔다. 그의 이름을 적은 피켓을 들고 경기 내내 응원을 해주었던 어린 소녀를 기억했기 때문이다.

삼열이 다가가자 일곱 살 정도로 보이는 어린아이가 활짝 웃으며 그에게 다가왔다.

"하이, 경기 내내 나를 응원해 줘서 고마웠어. 힘이 되었어."

"와아, 정말요?"

"그럼, 정말 고맙다. 이름이 뭐니?"

삼열이 묻자 갈색 머리의 소녀가 눈을 반짝이며 말했다.

"전 제시카 미나미스예요."

"아, 제시카구나."

"사인해 주세요."

"사인?"

삼열은 한 번도 사인해본 적이 없어 당황했다.

"아, 난 유명한 선수가 아니어서 아직 사인이 없는데. 하지만 너를 위해 이제 만들어야겠다."

삼열은 제시카에게 잠시 기다리라고 하고는 야구공을 몇 개 얻어왔다. 제시카의 뒤에는 그녀의 아빠가 부드러운 미소를 짓고 서 있었다.

삼열은 처음으로 사인을 만들어 메이저리그 공식 야구공에 적어 그녀에게 줬다. 그리고 주위에 있는 몇몇 어린아이에게도 공을 나눠줬다.

"에드몬드 미나미스라고 합니다. 제시카의 아버지입니다."

"아, 반갑습니다."

"우리 제시에게 사인을 해줘서 고맙습니다. 우리 제시는 삼열 강 선수의 팬입니다. 유튜브를 보고 팬이 되었죠."

그러고 보니 그는 에드몬드는 스모키즈의 유니폼을 입고 있었다. 아마도 딸이 이곳에 가자고 해서 따라온 것 같았다.

"그런데 왜 내 팬이 되었니?"

삼열이 묻자 제시카가 환한 표정을 지으며 슈퍼맨 포즈를 했다.

'아하!'

삼열은 자신의 재미있는 행동이 어린 소녀를 팬으로 만든 것임을 알았다.

삼열은 아이들과 그들의 부모들과 이야기를 하다가 라커룸으로 돌아왔다. 경기가 일찍 끝나서 선수들은 대부분 자리를 잡고 쉬고 있었다.

삼열은 자신을 알아주는 팬들이 생긴 것이 기뻤다. 한 명의 팬이 두 명이 되고, 두 명이 천 명이 되는 날이 올 것이라고 믿으며 미소를 지었다.

삼열은 완봉승을 거두자 테네시 스모키즈와의 3차전은 마음 편하게 관람할 수 있었다.

예상보다 한 시간이나 일찍 시작한 경기는 결국 야간 경기로 이어졌다. 경기가 진행되는 동안 야간 조명이 들어오고 녹색의 그라운드는 선수들의 땀과 관중들의 함성으로 가득했다.

이곳이 마이너리그인데도 말이다.

＊　　　＊　　　＊

삼열은 원정 경기를 하러 선수들과 함께 버스로 이동 중이었는데 표정은 좋지 않았다. 이유는 벌써 며칠 동안 수화와 연락이 되지 않고 있었기 때문이다.

한국에 잘 도착했다는 전화를 받고는 안심을 했는데, 그 뒤로 경기하느라고 며칠 연락을 하지 못했다. 그런데 그 이후로는 전화기가 꺼져 있는지 도무지 연락이 되지 않았다.

이해가 되지 않았다. 수화에게 무슨 일이 일어났는지를 알 수가 없으니 마음이 초조해지기 시작했다.

'왜 연락이 안 되지?'

수화와 연락이 안 되자 온갖 생각이 그를 괴롭혔다. 그리고 그 대부분은 불행에 가까운 것들이었다. 사고가 났나? 무슨 일이 생겼기에 연락도 안 된단 말인가?

미국까지 쫓아온 수화이니 전화가 안 되는 상황이 자연 부정적인 것일 수밖에 없었다. 교통사고가 나서 차가 전복되는 상상, 치한이 그녀를 덮치는 상상 등등이 그의 머리를 떠나지 않았다.

상상은 또 다른 상상을 낳고 불안은 또 다른 불안을 낳았다.

"젠장!"

"왓?"

옆자리에 있던 레이 곤잘레스가 얼굴을 삼열에게 돌렸다. 한국말로 했지만 욕은 뉘앙스에서부터 차이가 나는지 언어를 알지도 못하면서 신기하게 알아서 반응했다.

"신경 꺼. 나 고민스러워서 하는 말이야."

"왓?"

"너 이 새끼, 지금 나한테 시비 거야?"

삼열이 자리에서 벌떡 일어나 죽일 듯이 노려보니 레이 곤잘레스도 벌떡 일어나 주먹을 날리려고 하다가 뒷자리에 있던 로드리게스에게 팔을 잡혔다.

"그만둬. 그는 불안해하고 있어. 그리고 너와도 상관없는 일이고. 그건 너도 알잖아."

"끙. 그래도……."

"스톱. 그만해. 네가 여기서 더 나가면 용납 못 해."

로드리게스가 강하게 나오자 레이 곤잘레스는 체념을 하고 앉으려다가 로드리게스가 자리를 바꾸자고 하자 선뜻 자리를 옮겼다.

그는 원래 말하기를 좋아하는데 옆자리에 앉은 삼열이 아무런 말도 안 하고 심각하게 있자 도저히 불편해서 앉아 있을 수가 없었던 것이다.

삼열도 괜히 말썽을 피우고 싶지는 않았다. 그의 정신은 오로지 수화에게 가 있었다. 시즌 중만 아니라면 바로 한국으로 날아갔을 것이다.

삼열은 자리에 앉아 창밖을 바라보았다. 로드리게스는 그런 그를 잠시 보다가 눈을 감고 잠을 청했다.

버스는 개조된 것이라 제법 안락했다. 45인승의 버스를 15인승으로 바꾼 것이었다. 다만 팀의 분위기를 위해서인지 두 사람이 함께 앉도록 만들어 놓은 것은 불편했다.

녹스빌에서 채터누가까지 버스가 빠르게 달렸다. 다음 상대는 LA 다저스 산하의 채터누가 룩아웃츠(Chattanooga lookouts)였다.

같은 테네시에 있는 팀이라 그렇게 많은 시간이 걸리지는 않는다.

숙소에 도착하여 짐을 풀면서도 삼열은 수화에게 계속 전화를 했다. 하지만 그녀는 여전히 받지를 않았다.

삼열의 마음에 심어진 불안한 상상의 씨앗이 싹을 틔우고 자꾸 커져 열매를 맺기 시작했다.

삼열은 의도적으로 수화의 일을 생각하지 않기로 했다. 그렇게 하지 않는다면 집착의 광기에 사로잡힐 것 같았기 때문이다.

'무슨 일이 있겠지. 그래, 아마도 전화기를 잃어버렸을 거야. 절대로 나쁜 일은 아닐 거야.'

그러나 마음을 다스리려고 계속 긍정적인 마인드 컨트롤을 해도 마음의 벽이 스르르 무너져 내리고 그 안에서 다시 불안의 싹이 커갔다.

'하나님, 부처님. 제발 수화 씨에게 아무 일도 벌어지지 않게 해주세요.'

삼열은 세상의 모든 신에게 기도하고 싶은 마음이었다. 이러한 불안한 마음은 채터누가 룩아웃츠와의 1차전이 끝날 때까지 없어지지 않았다.

지난 테네시 스모키즈와의 3차전에서 2승을 거두고 채터누가 룩아웃츠의 1차전도 승리를 했기에 포틀랜드 씨 독스의 분위기는 아주 좋았다.

오직 삼열만 제외하고 말이다.

이어지는 2차전은 포틀랜드 씨 독스가 패했다. 그리고 3차전에서 삼열이 등판하게 되었다.

"하아~!"

삼열은 깊은 한숨을 내쉬었다. 아침을 먹고 근처의 스포츠 센터에서 그는 죽도록 뛰었다. 저녁에 야간 경기가 있었으나 신경 쓰지 않았다.

마음이 너무 불안했다. 뛰고 있으면 그래도 잡생각이, 불행한 상상이 덜 되기 때문에 무작정 뛰고 또 뛰었다.

점심도 거르고 오후가 되어서야 숙소에 돌아온 삼열은 근처에서 햄버거를 사 먹었다. 마치 모래를 씹는 듯 꺼끌꺼끌했지만 먹지 않을 수는 없었다. 어쨌든 시합은 시작될 것이고 공을 던져야 하니까.

경기장에 도착하여 몸을 추스르는데 밥 키퍼 투수 코치가 다가와 삼열의 몸 상태를 점검하며 걱정스러운 표정으로 물었다.

"괜찮나?"

"그다지 좋지는 않아요. 그러니 여차하면 바꿔주세요."

"알았네. 감독님께 그렇게 말해 놓겠네. 다음 경기는 홈에서 치러져서 여유가 있을 것이니 부담 가지지 마."

"네."

밥 키퍼 투수 코치는 항상 명랑하던 삼열이 입을 다물고 어두운 표정을 하고 있자 그에게 무슨 일이 생긴 것을 알아차렸다.

하지만 마이너리그는 선수의 심리적 안정을 위해 전문 상담사를 붙여주지 않는다. 당연히 정신과 의사의 치료와 처방은 없다.

밥 키퍼는 삼열의 축 처진 어깨를 바라보며 그가 무슨 일이든 스스로 극복해 내기를 바랐다. 그게 인생이니까.

삼열은 마운드에 서서 공을 던졌다. 공이 나쁘지는 않았지만 최상은 아니었다. 몸은 사실 꽤 안 좋은 편이었다. 몸은 마음의 영향을 받는다. 마음이 엉망이 되었으니 몸이 제대로일 리가 없었다.

'하아~ 최선을 다하자. 난 구단과 계약을 한 선수야. 돈을 받은 만큼 해야 다른 사람들에게 폐를 끼치지 않아.'

삼열은 프로가 자신이 받은 계약금이나 연봉만큼 하지 않으면 다른 사람에게 피해를 주는 것으로 생각했다. 그러니 자신은 컨디션이 어떻든 그 생각을 어길 수는 없다.

삼열은 마음이 산란한 가운데서도 집중력을 발휘하여 공을 던졌다. 상대 팀 선수들은 안타도 치고 볼넷으로 진루하기도 했지만 득점은 없었다.

그러나 6회에서 삼열은 3점 홈런을 맞았다. 다른 때 같았으면 담담하게 반응하였을 터인데 오늘은 그렇지가 못했다. 멍하게 마운드에 서서 주심이 그에게 주의를 줄 때까지 정신을 못 차렸다.

삼열은 갑자기 머리가 어지러워졌다. 구토가 나고 머리가 아팠다. 삼열은 마운드에서 쓰러지면서 정신을 잃었다.

삼열이 다시 일어나는 데까지는 불과 1분도 안 걸렸지만 감독은 즉각 투수 교체를 단행했다.

의료진이 라커룸까지 그를 데리고 왔다.

"헤이, 강. 괜찮나?"

"네."

"병원에 안 가도 되겠나?"

"잠시 어지러웠을 뿐이에요."

팀 닥터 스티븐 모레이가 고개를 끄덕였다. 그가 보기에도 삼열의 몸에는 아무 이상이 없었다. 단지 정신적 쇼크가 있어 보이긴 했다. 어린 선수가 3점 홈런을 맞았다고 정신적으로 이렇게 심한 타격을 받는 경우는 극히 드물다. 뭔가 있었다.

'심리적 원인이군.'

스티븐 모레이는 삼열의 어깨를 가볍게 두드려 주고는 문을 열고 밖으로 나갔다.

삼열은 빈 라커룸에서 경기를 관람했다. 의자에 기대어보니 불안정했던 호흡도 정상으로 돌아오고 정신도 맑아졌다. 오늘은 정말 어리석은 경기를 했다. 개인적으로 무슨 일이 있든 이렇게 반응하는 것은 어리석은 일이었다.

"아~!"

삼열은 나직하게 비명을 질렀다. 그 작은 소리에 상처받은 그의 마음이 고스란히 나타나는 듯했다.

그때도 그랬다. 부모님이 돌아가셨던 그날도 이렇게 정신적으로 불안했었다. 알 수 없는 불안감이 그를 사로잡고 난 후 몇 시간 지나지 않아 들려온 부모님의 사망 소식은 그의 인생에서 가장 큰 불행이었다.

그리고 지금 연락이 안 되는 수화 때문에 알 수 없는 불안한 마음이 증폭되고 있었다. 예지력이라고 하기에는 미약하지만 이런 불안감은 항상 맞았다.

'수화 씨에게 무슨 일이 벌어진 것이 틀림없어.'

예전에도 통화가 안 된 적은 몇 번 있었다. 그래도 그때에는 정말 아무렇지도 않았다. 연애하면서 항상 연락될 수는 없다. 각자의 사정이 있으니까 말이다.

그의 바람처럼 수화가 핸드폰을 분실했을 수도 있다. 하지만 그것이 아님을 삼열은 누구보다 잘 알고 있다. 무슨 일이 수화에게 벌어진 것이 확실했다.

경기가 끝났다. 경기는 패했고 삼열은 패전 투수가 되었다. 하지만 아무도 그에게 책임을 묻지는 않았다. 그가 받은 정신적 충격도 있지만 5이닝 동안 3실점이라면 책임을 물을 만한 실점은 아니었기 때문이다.

팀 분위기는 나쁘지 않았다. 톰 신벌도 4번 타자의 제 몫을 해주고 있었고, 로드리게스가 새롭게 타격에 눈을 떠 곧잘 장타를 날려주고 있으니 다음 경기에서 만회하면 된다고 생각한 것이다.

다만 그들은 완벽에 가까운 투구를 하던 삼열이 갑자기 난조를 보인 것이 의아해하기는 했다.

침대에 누워 있는 그에게 로드리게스가 다가왔다. 창살 사이로 어둠이 짙은 먹물을 뿌리고 있었다.

"힘들지?"

삼열은 말없이 고개를 끄덕였다. 로드리게스는 그런 그를 다독였다.

"네게 무슨 문제가 생긴 것은 알고 있어. 그게 야구 외적인 것은 확실한데, 내가 해줄 수 있는 것은 없군. 이런 일은 스스로 이겨내야 해. 기술적인 것이 아니잖아. 네가 나에게 충고한 말을 그대로 너에게 돌려주겠어. 넌 천재적인 재능이 있어. 그것을 야구 외적인 문제로 망치지 마. 천재가 망가지는 이유에는 정말 여러 가지가 있지……. 넌 그렇게 되지 않았으면 좋겠다."

로드리게스의 말에 삼열은 말없이 고개를 끄덕였다. 그도 알고 있다.

단지 마음이 아프니 몸이 말을 듣지 않는 것이다.

채터누가 룩아웃츠와의 경기가 끝나고 다시 포틀랜드로 이동하는 길에 삼열은 그토록 기다리던 수화의 전화를 받을 수 있었다.

"여보세요?"

—나야, 삼열아. 전화 많이 했었네.

"네, 어떻게 된 일이에요?"

—사정이 좀 생겼어. 엄마가 아팠어.

"아, 그랬군요."

—당분간 너에게 연락을 하기 힘들 거 같아.

"많이 아프세요?"

—응, 입원 중이서. 나중에 연락할게. 지금은 너무 경황이 없어서…….

"알았어요. 전 괜찮으니 어머니 병간호 잘하세요. 너무 무리하지는 말고요."

—그래, 삼열아. 사랑해.

"저도요. 사랑해요."

전화를 끊자 삼열은 마음이 차분해지는 것을 느꼈다. 왠지 아직 눅눅하고 끈적거리는 불운의 냄새가 달라붙어 있지만 수화가 무사한 것을 확인했으니 그것으로 되었다. 삼열은 나직하게 안도의 한숨을 내쉬었다.

'다행이다. 정말 다행이야!'

긴장이 풀려서인지 급격한 피로가 몰려왔다. 눈이 저절로 감기며 깊은 잠에 빠져들었다.

버스는 어둠을 뚫고 포틀랜드로 달려갔다. 오직 어둠 속에서 헤드라이트 하나에 의존하고서.

밤늦게 도착한 집에 들어가자마자 삼열은 다시 잠에 빠져들었다. 그동안 운동도 게을리해서 몸이 무거웠고 마음은 더 무거웠다.

아침에 일어나니 어둠 속에서 그를 가로막고 있었던 것들이 없어진 것 같았다. 몸이 가벼웠다.

삼열은 일어나자마자 러닝머신 위에서 뛰었다.

원정을 갔다 온 오늘은 팀 훈련이 없기에 종일 운동을 할 생각이었다.

*　　　　*　　　　*

수화는 어떻게 해야 할지를 몰랐다. 삼열을 보고 집에 왔더니 엄마가 덜컥 병에 걸려 누워 있는 것이 아닌가. 게다가 발에 깁스한 모습은 그녀의 마음을 갈가리 찢어놓았다.

'엄마, 미안해. 내 생각만 했어.'

삼열에게 함부로 대하는 엄마에게 마음이 상해 아무런 말도 남기지 않고 미국으로 간 후에 집에서는 난리가 났다. 딸이 하루아침에 사라졌는데 난리가 나지 않는다면 그것이 더 이상할 것이다.

경찰에 신고하고 여기저기 알 만한 곳은 하나도 빠짐없이 연락했다. 그리고 친가는 물론 외가의 어른들도 나서서 찾기 시작한 후에 수화가 미국으로 출국한 것을 알게 되었다.

장미화는 안도와 허탈감을 느끼며 걷다가 계단에서 굴렀다. 다리가 부러지고 어깨를 다쳤지만 그 외의 외상은 없었다.

장미화는 말없이 울고 있는 딸을 바라보았다. 누가 딸이 아니라고 할까 봐 사랑에 미쳐 날뛰는 것이 꼭 자기를 빼다 닮았다.

누구에게나 아름다운 사랑이 있는 법이다. 누구는 그 사랑에 웃고 다른 누구는 운다. 그렇기에 그녀는 속으로 이 둘의 결혼을 허락해야 하나 하는 생각을 했다. 그런데 때마침 들려오는 딸의 목소리에 생각이 바뀌었다.

"미안해, 엄마. 나 때문에 이렇게 다치고, 큰 수술을 하고…… 나 나빴지?"

'엉?'

들려오는 수화의 목소리에 귀가 쫑긋해진 그녀는 정신이 퍼뜩 들었다.

'잘하면 될지도……'

장미화도 삼열 자체는 싫지가 않았다. 키도 크고 인물은 그다지 잘생긴 것은 아니나 남자 인물 뜯어먹고 살 것도 아니고, 머리도 좋고 나무랄 데가 없었다.

하지만 외가야 한 다리 건너이기 때문에 무시할 수 있어도 시부모의 등쌀은 버텨낼 자신이 없었다.

자수성가한 시아버지는 명문가를 만드는 것이 꿈이었다. 그래서 자식들을 아주 엄하게 키웠다. 쉰이 다 되어가는 남편이 아직도 시아버지 앞에 서면 일곱 살 아들로 변하면서 꼼짝을 못 한다.

자신이야 허영기가 있어서 번듯한 집안의 자제하고 엮이면 좋기는 하지만 삼열 정도면 나쁘지 않다.

구두로 얼굴을 때린 후에 미안해진 마음도 있고, 그렇게 무시를 당했어도 표 내지 않고 두 번이나 더 찾아와준 것도 고마웠다.

사실 딸년이 하도 얄밉게 굴어서 딸을 때리려다가 삼열이 보이자 홧김에 그렇게 한 것이다. 그 일은 두고두고 창피해서 삼열이 왔을 때 얼굴 들기도 힘들었다.

마침 그녀는 후두염으로 말을 제대로 못 하고 있었다. 게다가 공교롭게도 입원한 후 맹장에 이상이 있는 것을 알고서는 맹장 수술도 했다.

다리 부러지고 맹장 수술을 하고 후두염에 걸려 말도 제대로 못 하고 있자 수화는 엄마가 큰 병에 걸린 것으로 착각했다. 걱정할까 봐 담당의에게 딸에게는 병명을 말하지 말아 달라고 한 것이 의혹을 키운 것이었다.

'양심에 걸리기는 하지만, 난 아무 말도 안 했어.'

장미화가 입을 다물자 수화의 오해는 더욱 커졌다. 부모를 병들게 한 나쁜 딸이 되어버린 것으로 생각했다. 남자 때문에 부모에게 못된 딸이 될 수는 없다. 엄마가 잘못되면 어쩌나 하는 생각을 하자 마음이 두렵고 떨렸다.

부모님을 잃게 될지도 모른다는 생각은 그녀의 마음을 바꿔놓았다. 죽을 것 같은 불같은 사랑도, 영원할 것 같은 마음도 차갑게 식기 시작했다.

삼열은 정말 좋은 사람이다. 그녀가 살아가면서 다시는 만나지 못할 최고의 남자임에는 틀림없다. 그렇지만 부모보다는 소중하지 않았다.

부모님은 낳아주시고 키워주시고 온갖 정성과 사랑으로 22년을 보듬어 주었다. 부모 자식을 떠나서도 그런 정성과 사랑을 저버리는 행위는 인간으로서 할 짓이 아닌 것 같았다.

'엄마가 원한다면, 정말 원한다면 어쩔 수 없이 난 따라가게 될 거야.'

수화는 자신에게 말도 못하고 애틋한 눈빛만 던지는 엄마를 보자 말할 수 없이 마음이 아팠다. 사랑을 위해 부모를 버릴 수는 있어도 그 부모가 이렇게 아프고 죽는다면 그것은 못할 짓이다.

그녀는 자신의 사랑이 다른 누구에게는 아픔이 될 수도 있다는 현실이 너무나 슬펐다.

'내가 말할 수 있을까?'

자신을 걱정해 주는 삼열의 다정한 목소리를 듣고 마음이 얼마나 따뜻해졌던가. 수화는 그 생각을 하자 말할 수 없는 고통으로 가슴이 아팠다.

아마도 장미화는 자신의 딸이 얼마나 고통스러운 결정을 하려고 하는지 알았다면 이렇게 침묵을 지키지 않았을 것이다.

그냥 이번이 그녀가 원했던 그 기회가 될 수도 있겠다는 단순한 그 생각이 딸의 운명을 결정지어 버린 것이다.

마침내 수화는 전화기를 들어 삼열에게 전화했다.

삼열은 수화에게 걸려온 전화를 받고 두려워했던 일이 마침내 닥쳐 온 것을 알았다. 그 불안한 예감이 마침내 자신의 앞에 있는 문을 노크했음을 알아차리자 생각 외로 담담하게 받아들일 수 있었다.

―우리… 이제 헤어져. 너를 사랑하지만 부모님을 버릴 수는 없어.

"그게 수화 씨가 내린 최선의 결정이고 수화 씨가 행복해질 수 있다면… 그렇게 해요."

―그럼 몸 건강하게 지내. 네 소식은 간간이 뉴스를 통해 듣고 있었어. 이젠 너의 팬이 되어줄게.

"수화 씨, 행복해야 해요."

수화는 전화를 끊었다. 눈물이 하염없이 흘러내렸다. 전화를 끊고서야 자신이 무슨 짓을 저질렀는지를 깨달았다.

이 세상에 오직 혼자인 사람을 자신이 버렸다는 사실에 그녀는 더 큰 마음의 상처를 입었다. 그래도 그렇게 담담한 말투라니. 이렇게 힘들게, 고통을 참고 말했는데… 하는 서운함도 있었지만 그것은 지극히 작은 부분이다.

불행하게도 사람들은 젊기에 성급한 결정을 내린다. 마음을 터놓고 진지하게 이야기를 하면 가볍게 해결될 문제임에도 그렇지 못하여 인연과 운명을 빗겨가게 한다.

사랑은 때로 진지하기도 하지만 때로는 장난꾸러기와도 같다.

수화가 좀 더 진지하게 생각을 했다면 이런 결정을 내리지 않았을 것이다. 다만 그동안 엄마와 날카롭게 대립각을 세우다 보니 원하지 않는 오해를 하게 되고, 이로 인해 성급한 결정을 하게 된 것이다.

하지만 이별을 통보하기 전에 그녀는 좀 더 생각해야 했다. 인간은 행동하기 전에 생각해야 한다. 실수를 줄이려면 말이다.

삼열은 전화를 끊고 한참을 멍하게 서 있었다. 무슨 일이 일어났는지, 깜박이는 형광등처럼 정신이 깜빡거렸다.

'이제 또 혼자가 되었구나.'

절망이 가슴속으로 천천히 스며들었다.

가족이라고 생각했던 여자에게 이별을 통보받았다. 슬프지만 받아들여야 했다. 어쩔 도리가 없었다. 부모가 없는 그로서는 부모 때문에, 그리고 엄마가 아프다는 말에 대답할 말이 없었다.

마음이 아팠지만 그녀가 행복하기를 마음으로 빌어주기로 했다. 인생은 자기 뜻대로만 되는 게 아니니까.

"난 할 수 있어. 하~ 정말 할 수 있을까?"

한동안 중얼거리던 삼열은 피곤함이 몰려와 침대에 쓰러지듯 누워 잠을 잤다.

꿈속에서 그는 수화를 만나서 행복한 시간을 보냈다. 데이트도 하고, 거리를 걷고, 웃으며 이야기했다. 아름답고 사랑스러운 얼굴이 다가오며 키스를 했다.

그리고 꿈에서 깨어났다.

삼열은 일어나 주위를 둘러보았다. 늦은 아침의 햇살이 그의 뺨에 비추었다.

"아, 늦었군."

삼열은 서둘러 구단의 연습장으로 가려고 집을 나왔다. 밖에는 브라이언이 도착해서 기다리고 있었다. 그도 막 구단에 전화해서 훈련 스케줄을 알아보는 중이었다.

"하이, 강. 오늘은 늦었군요."

"네, 오랜만이에요."

"안색이 안 좋아 보입니다."

"몸은… 괜찮아요."

"그럼 가시죠."

"네."

삼열은 브라이언의 차를 타고 연습장에 도착해서 감독에게 인사를 했다.

케빈 보레스 감독은 그의 얼굴을 한 번 살펴보더니 고개를 끄덕이는 것으로 인사를 대신했다.

4. 잘못된 결정들

시간이 빠르게 지나갔다. 삼열은 최선을 다했지만 결과는 그렇게 나오지 않았다. 그의 불같은 강속구는 여전한데 제구가 흔들렸다. 제구가 흔들리니 삼열의 공은 더 이상 언터처블이 아니었다.

메이저리그를 노리는 마이너리거들은 생각보다 집요했다. 눈물 젖은 빵을 먹으며 버티는 이유는 오직 하나. 메이저리그만 바라보는 그들에게 제구가 흔들린 강속구는 더 이상 무서운 공이 아니었던 것이다.

삼열은 마음을 다잡고 평소와 같이 운동을 했지만 이상하게 좋지 않은 결과들이 나왔다.

두 번의 경기가 있었고 거기서 그는 퀄리티 스타트를 하긴 했지만 모두 패전 투수가 되었다. 그의 제구도 흔들렸고 공의 구속도 떨어졌다. 그러자 살가웠던 팀 선수들의 태도도 조금씩 변하기 시작했다. 변함없이 그를 인간적으로 대해주는 건 마리아뿐이었다.

"헤이, 삼열. 오늘은 어때요?"

"좋지 않아요."

"그래요? 그럼 나랑 데이트할까요?"

"그건 좀 곤란한데요. 톰 신벌이 나를 잡아먹으려고 할걸요."

"쳇, 그 바람둥이 이야기는 관둬요."

"톰이 바람둥이예요?"

"말도 마요. 지난주에 만난 여자만 해도 세 명이나 된대요. 그런 주제에 데이트를 신청하다니. 흥, 나를 뭐로 알고."

삼열은 콧대를 세우고 도도하게 서 있는 마리아를 바라보았다.

아름다운 얼굴에 귀엽기까지 했다. 수화와 헤어지기 전에는 저 모습에 가슴이 두근거리곤 했다. 그런데 아이러니하게도 솔로가 되니 그런 증상들이 거짓말처럼 없어졌다. 그래서 마리아가 뭐라 해도 담담하게 반응할 수 있었다.

"어쨌든 나 심심해요. 오늘은 삼열 씨가 나를 위해 시간을 내줘요. 내가 커피 사줄게요."

"뭐, 그러죠."

이미 시즌은 막바지다. 남은 경기는 단 하나였고 선발 등판하는 선수는 삼열이 아니었다. 그러니 투수로서 보면 시즌이 마감된 것이나 마찬가지였다.

"나 같은 미인이 데이트 신청하는데 가슴 설레거나 하지 않아요?"

"난 인간 마리아를 좋아합니다. 그러나 여자 마리아는 아닙니다."

"흠, 이거 좋아해야 하나 말아야 하나 헷갈리는데요. 내가 전에 말했죠?"

"뭘요?"

"당신에겐 사람을 매료시키는 뭔가가 있다고."

"하하, 그건 마리아가 특이해서 그런 거예요."

"아하하, 내가 특이한 건 어떻게 알았어요?"

"그런데 마리아는 데이트 안 해요?"

"하고 있잖아요."

"이런 거 말고요."

"난 이게 더 좋아요."

금발의 마리아가 웃자 눈이 부셨다. 삼열은 생각했다. 이 여자도 자신의 미소가 매력적이라는 것을 알고는 내 앞에서 이렇게 웃고 있다고.

하지만 그녀의 미소는 그의 마음에 약간의 위로가 되었다. 가족과도 같던 애인을 떠나보낸 삼열에게 그녀가 위로가 되고 있는 것은 사실이다. 하지만 그것은 단지 친구로서의 위로일 뿐이다.

"나 예쁘지 않아요?"

"푸하하!"

"왜 웃어요?"

"아, 네. 눈부시게 아름다워요."

"그런데 당신 왜 나를 사랑하지 않는 거죠?"

"아름답다고 사랑하면 마리아가 힘들어져요. 지금도 몰려드는 데이트를 거절하느라 곤란하잖아요."

"끙… 이상한 사람만 꼬이고 제대로 된 남자는 거들떠보지도 않고."

마리아는 작은 목소리로 혼잣말로 중얼거렸지만, 삼열이 들으라고 한 말이었다. 그 사실을 아는 삼열은 피식 웃었다.

"자신감을 가지세요. 이렇게 아름다운 데다가 몸매는 완전 엄청나고, 머리도 좋아 스물여섯에 박사 학위도 있고, 직장도 빵빵하잖아요. 용기를 가지세요."

"어머, 내가 스물여섯 살이라고 알고 있었던 거예요?"

"아니었어요?"

"나 그렇게 안 늙었어요. 이제 스물넷인데."

"그래요?"

삼열은 펄쩍 뛰는 마리아를 놀란 눈으로 바라보았다. 확실히 그녀는 26세의 엘레나보다는 어려 보였다.

대부분의 백인, 그중에서 금발의 미녀가 엄청나게 매력적인 것은 사실이지만 마리아는 성숙한 외모에 약간은 귀엽기까지 했다. 그런데 마리아는 유난히 피부가 고와서인지 어려 보였다. 그래서 그토록 엘레나가 마리아를 질투한 것이겠지만 말이다.

마리아는 자신을 동성처럼 대해주는 삼열에게 고마운 마음이 들면서도 왠지 섭섭하기도 했다. 마치 그에게는 자신이 매력이 없어 보인다는 말과 비슷하게 생각되었기 때문이다.

마리아는 삼열에게 은근한 말로 미끼를 던져 봐도 전혀 물지를 않았다. 앞으로도 이렇게 하면 그의 마음을 얻을 수 없을 것이라고 체념했다가 멈칫했다. 그녀는 최근에 삼열이 애인과 헤어진 것을 눈치챘다. 여전히 커플 반지를 끼고는 있지만 언젠가부터 애인 이야기를 전혀 하지 않고 있었다.

예전에는 삼열이 입가에 미소를 띠고 수시로 애인에 대해 언급하곤 했다. 어쩌면 그런 그였기에 관심이 갔는지 몰랐다. 한국에 있는 여자를 사랑하여 다른 여자는 일절 거들떠보지도 않는 그의 진실한 모습에 매력을 느꼈던 것이다.

'이 남자를 유혹해 봐?'

아무리 생각해도 삼열은 매력적인 남자였다. 그는 사랑하는 여자가 있으면 절대로 변하지 않을 것이라는 느낌을 가지게 하는 남자였다. 그리고 지금 그에게 빈틈이 생겼다. 여자의 직감이 그렇게 말하고 있고 정황을 봐도 추리가 맞아떨어졌다.

그녀가 본 그의 공의 위력과 구질은 엄청났다. 그런 그가 3연패를 당했다는 것을 믿을 수 없다. 코치진은 그를 다르게 생각하고 있는 것 같았지만 그녀는 그것이 애인과 헤어졌기 때문이라고 생각했다.

'나, 이 남자 사랑하기로 해볼까? 그래, 한번 이 멋진 남자를 가져 보는 거야. 이 남자만큼은 여자를 인격적으로 대해줄 거야. 그의 선량한 눈이 그렇게 말하고 있으니까.'

마음이 바뀌자 삼열을 바라보는 마리아의 눈빛이 달라졌다.

삼열은 마리아가 마치 연인처럼 따뜻하게 자신을 바라보자 당혹스러웠다.

'왜 이러지?'

심리학 책을 통해 공부하고 연애도 해보았지만 아직 여자에 대해서 그가 많이 아는 것은 아니었다. 인간에 대해 이해하기에는 어린 시절에 홀로 보낸 시간이 너무 많았다. 그래서 인지 마음이 아픈 지금 이렇게 다가와 주는 사람이 싫지는 않았다.

자신의 구위가 예전 같지 않자 구단도, 동료 선수들도 눈빛이 달라졌다. 선수들 중에서는 로드리게스만이 이런 삼열을 안타까워하면서 가끔 위로해 줄 뿐이었다. 원래 마이너리그는 굉장히 살벌한 곳인데 삼열이 워낙 실력이 좋았기에 그것을 느끼지 못했었던 것뿐이었다.

삼열은 천재지만 인간 심리에 대해서는 좀 무지한 편인 반면 마리아는 머리가 좋으면서도 인간에 대해 너무나 잘 알고 있었다.

원래 그녀는 하버드 법대를 들어갔다가 야구에 빠지면서 심리학으로 전공을 바꿨다. 그 때문에 한 학기를 손해 보게 되어 그것을 메우느라 엄청나게 고생했다.

그녀는 열일곱 살에 대학에 들어갔다.

미국인 대부분이 열여덟에 입학하니 단지 1년이 빨랐을 뿐이었지만, 그녀는 3년 반 만에 대학과 대학원 과정을 졸업해 버렸다. 그리고 박사 학위 과정을 밟는 데는 불과 1년밖에 걸리지 않았다.

물론 논문 통과가 늦어져서 학위를 조금 늦게 받기는 했지만 그것은 그녀가 취업이 되면서 어쩔 수 없었던 것이다.

'이 남자는 상처를 받았어. 위로가 필요해.'

마리아는 자기보다 어린 삼열을 바라보며 그가 지금 필요한 게 무엇인지를 생각했다. 왠지 돕고 싶은 마음이 들었다.

"당신은 잘할 수 있어요. 난 그렇게 믿어요."

"뜬금없이 그게 무슨 말이에요?"

"난 당신의 천재적 재능을 알고 있어요. 단지 지금은 조금 쉬어가는 타이밍일 뿐이죠."

마리아는 '당신이 상처받아서'라는 말을 돌려 '쉬어가는 시간'이라고 표현했다. 이렇게 멋진 남자가 상처를 받았고 주위에 여자도 없다면 아무도 없는 빈집에 들어가는 것과 같으니 그것은 너무 쉬운 일이다.

전 애인의 그림자가 얼마나 강하게 남아 있는지가 문제지만, 삼열이 마음속에 그것을 간직하더라도 현실로 끌어내지는 않을 것 같았다. 삼열은 그의 부진에 대해서 온갖 추측이 난무했음에도 입을 다물었다.

구단이 그에게 지급한 220만 달러는 메이저리그에서 뛰고 있는 이자와 투수의 300만 달러에 비하면 무척이나 적은 금액이었다. 이자와가 사회인 야구팀에서 자신의 재능을 드러냈다 하더라도 세미프로 팀에 불과했다. 재능 면에서는 삼열과 비교가 안 되는 선수다.

그런데 구단이 그렇게 쉽게 삼열을 무시하다니. 그녀는 삼열이 심리적인 문제만 해결된다면 다시 무시무시한 공을 던지는 투수가 될 것을 믿어 의심치 않았다.

'이 남자는 그냥 옆에만 있어 줘도 되는 사람이야.'

마리아가 이렇게 생각하는 것은 그녀 자신에 대한 믿음 때문이 아니었다. 삼열은 때로는 장난이 심하기는 했지만 진지한 남자였다. 그래서 그녀는 힘들 때 옆에 있어 준 여자를 버릴 만큼 모질지 못한 것을 알고 있다.

"이번에도 각자 저녁값을 내는 건가요?"

"네, 당신이 정식으로 나와 데이트를 해주는 날에는 물론 예외지만."

"그럼 계속 각자 내요."

"치이, 너무하네. 빈말이라도 데이트 신청해 준다고 하면 안 돼요?"

"그건⋯⋯."

"뭐, 곤란한 거 알고 있어요. 난 당신을 믿으니까."

"네? 왜 갑자기 그런 말을⋯⋯?"

"그냥 그렇다고요."

"아, 네."

삼열이 피식 웃었다. 그 모습을 보고 마리아는 속으로 회심의 미소를 지었다.

친밀해지기 위해 '칭찬을 하라, 그리고 믿음을 심어줘라. 마지막으로 같이 밥을 먹어라'는 공식이다. 사람의 마음을 얻기 위해서는 믿음을 심어줘야 한다. 마리아는 차분하게 그 믿음이 생길 때까지 기다리는 중이다.

삼열은 마리아에게 고마움을 느꼈다. 모두가 자신을 외면하고 있는 현실이다. 여전히 사람들이 그에게 농담을 걸고 아는 체를 했지만 그들의 입가에는 묘한 웃음이 걸렸다. 삼열은 그것이 비웃음이라는 것을 알았다. 그래서 옆에 있어 주는 마리아가 무척이나 고마웠다.

두 사람은 저녁 식사를 한 후에 거리를 걸었다. 길거리 잡화상들의 물건을 구경하기도 하면서 아무 목적도 없이 길을 걷다가 다시 저녁을 먹은 그 레스토랑으로 돌아왔다. 그곳에 마리아의 차가 주차되어 있었기 때문이다.

두 사람은 빨간색 페라리 앞에 다가섰다. 이미 시간도 많이 지났고 밤은 깊었다.

"타요, 삼열 씨."

"네, 감사합니다. 이렇게 불러내 주고 오랜만에 거리를 걸으니 좋네요."

페라리가 어둠을 뚫고 도로 위를 달렸다. 번화한 빌딩의 숲 사이를 지나 한적한 마을로 들어섰다.

"고마웠어요."

"고맙다면서 차 한 잔 안 줘요?"

"이 밤에요?"

"뭐, 어때요."

마리아가 혀를 귀엽게 내밀었다. 그 모습에 삼열은 웃으며 그녀를 자신의 방으로 초대했다. 그러고 보니 일주일 동안 마리아가 삼열을 픽업해 주었어도 집 안으로 들어온 것은 이번이 처음이었다.

"어머, 집이 귀엽네요."

"집이 귀여울 수도 있어요?"

"그럼요, 얼마나 아기자기하고 좋아요."

"그거는 집 구조가 그래서 그런 거죠."

"그래도 난 좋다. 나도 이렇게 아담한 집에서 살고 싶네요."

"방 하나 남는데 세놓을까요?"

"정말요?"

"아니, 농담도 못 해요?"

"나 사실 여기서 멀리 살아요. 기름값도 그렇고, 오며 가는 시간이 많이 낭비되거든요. 삼열 씨가 세를 놓으면 정말 좋을 것 같은데."

"정말요? 하지만 이건 소속 에이전트 회사가 구해준 건데요."

"물론 삼열 씨의 돈으로 한 거겠죠?"

"아, 그러고 보니 그렇군요."

"나 내일부터 짐 싸 가지고 올게요."

"네? 아니, 그래도 시간 여유는 줘야죠."

"어머, 무슨 시간이 필요해요? 그냥 빈방에 내가 와서 자면 되는 건데."

"그야 그렇긴 하지만 마음의 준비를 해야 하고 또……."

"단순히 내가 렌트해서 사는 것인데 무슨 준비를 해요?"

"아… 그러고 보니 그러네요. 그래도 내일은 너무 빠른데요."

"아, 몰라요. 삼열 씨가 먼저 꺼낸 이야기니 난 내일 짐을 싸 가지고 올 거예요."

"아……."

삼열은 빈말 한마디 했다가 코가 꿰였다. 마리아가 순간적인 기회를 놓치지 않고 잽싸게 말을 받은 것이었다. 마리아는 삼열의 표정에서 외로움을 읽었다. 그 외로움이 빛나는 보석으로 바뀌리라는 것을 마리아는 알고 있다.

'이 남자는 옆에만 있어 줘도 내게 고마움을 느낄 거야. 그리고 이런 남자는 그 믿음을 배반하지 않을 거야.'

마리아가 굳이 사람들에게 자신의 전공을 밝히지 않는 이유는 심리학을 전공했다 하면 다들 부담스러워 하기 때문이다.

그녀가 심리학자라도 만나는 사람마다 상대방의 정신 상태를 분석하는 것은 아니다. 관심도 없는데 무슨 정신 상태를 분석하는가. 그래도 사람들은 지레 겁들을 집어먹곤 했다. 하버드 심리학 박사라면 대부분의 사람이 뜨악하는 것이다.

'귀염둥이, 나는 그냥 옆에 있어만 줄게요.'

마리아는 차를 몰면서 미소를 지었다.

다음 날, 삼열이 저녁에 집으로 돌아와서 보니 마리아가 집 앞에서 기다리고 있었다. 정말 올 줄은 몰랐다.

"정말로 왔군요."

"어머, 저 확실한 여자예요."

"네? 그게 무슨 말이신지……?"

"한 번 뱉은 말은 되새김질 안 한다고요. 고민하고 살기에는 우리들의 삶이 너무 짧잖아요. 그래서 결심했죠. 신중하게 생각하고, 결심했으면 과감하게 실행하고, 그리고 후회하지 말자."

"머, 멋진 생각이네요."

"오, 그렇게 생각해 줄 줄 알았어요. 호호, 우리는 은근히 비슷한 데가 많네요."

"아니… 꼭 그렇지만은 않은 것 같은데요."

"흥, 그렇다면 그런 줄 아세요."

"아, 네."

삼열은 문을 열고 잠금장치의 비밀번호를 마리아에게 알려 주었다. 작은 집에 두 명의 남녀가 같이 살 것을 생각하니 삼열은 난감하기만 했다. 그것도 그 대상이 이렇게 매력적인 여자라니.

어제는 느끼지 못한 묘한 감정이 생겼다. 잠깐 들른 것하고 같이 사는 것은 전혀 다른 이야기이니까.

삼열은 복잡한 마음에 될 대로 되라는 생각이 들기도 했다. 어쨌든 마리아는 좋은 사람이니까 그것이 그나마 위안이었다.

그러나 수화와도 이렇게 한집에서 살아보지 못했는데, 라는 생각을 하자 갑자기 마음이 아파왔다. 사랑해도 같이 살지 못하고 이별해야 하는 현실이 아직도 쉽게 받아들여지지 않았다.

마리아는 삼열이 아련한 표정을 짓고 있자 눈꼬리가 자연스레 올라갔다. 이 남자를 사랑하겠다고 결심한 순간 그가 가진 추억의 그림자에도 질투가 느껴졌다. 하지만 그녀는 겉으로 드러내지 않았다.

마리아는 살면서 정말 많은 남자에게 프러포즈를 받았다. 그러다 보니 알게 모르게 남자를 우습게 생각하는 경향이 있었다. 이곳에 온 것은 삼열이 해바라기 사랑을 하는 사람이기 때문이었다. 그녀는 삼열이 말을 하지 않아도 그 사실을 알

수 있었다.

'좋은 것을 얻기 위해서는 대가를 지불해야지. 난 내 사랑을 위해 준비되어 있어.'

하룻밤을 같이 보내자고 치근거리는 남자들에게는 혐오감 비슷한 것을 가지고 있는 그녀는 아무리 좋은 배경을 가진 남자라 해도, 그리고 아무리 멋진 남자라 해도 관심이 없었다. 그런데 이 남자에게 관심이 생겼다. 삼열과 함께 있으면 이상하리만치 기분이 좋아지곤 했다.

"우리 이제 이야기해요."

"뭘요?"

"집 안 청소를 어떻게 할 것인지, 화장실을 언제 누가 사용할 것인지요."

"아, 그렇군요."

삼열은 같이 살면 이런 문제가 생길 것이라고는 단 한 번도 생각하지 못했다. 그는 부모님을 제외하고 다른 사람과 같이 살아본 적이 없다.

마리아는 웃으며 삼열과 의견을 조율했다. 가능한 자신이 유리하게 조정하려고 했지만, 미소와 애교가 안 통하면 바로 꼬리를 내리고 삼열의 의견을 따랐다.

그녀는 현명했다. 지금 아쉬운 사람은 자신이다. 삼열의 마음을 사로잡아야 하는 그녀로서는 삼열과 사소한 것에서 다

투고 싶지 않았다.

그래서 내린 결론은, 주방은 같이 사용하고 쓰레기를 버리는 것도 같이 공평하게 하고 빨래는 각자 알아서 하기로 했다. 그리고 화장실은 삼열이 먼저 일어나니 먼저 사용하고 마리아가 나중에 쓰기로 했다. 여자가 사용 시간이 아무래도 기니 그녀가 나중에 사용하는 것이 좋을 것 같았다.

"오늘은 대충 이 정도로 해요."

"오늘은요?"

"어머, 같이 살면 지켜야 할 것들이 생각보다 많을 거예요. 일단 애인이 있어도 집으로 데리고 오지 않기요."

"그야 당연하죠."

마리아는 삼열의 말에 환하게 웃었다. 역시 동양 남자들의 멘탈은 좀 보수적이라는 말이 맞는 것 같았다.

"우리 맥주 할까요?"

"전 야구를 하면서 술을 먹지 않기로 했어요. 지미 팍스나 피터 알렉산더처럼 술로 망하고 싶지 않거든요."

"아, 훌륭한 마음가짐이에요."

마리아는 자신의 제안을 바로 철회했다. 그래도 그녀는 뭔가를 삼열과 함께하고 싶었다.

"그러면 내일 같이 저녁 식사를 해요."

"그거는 좋아요."

"그럼 오늘은 이야기를 대충 마무리했으니 전 먼저 씻고 잘 게요."

"네."

삼열은 집에 다른 사람이 살게 되자 조금 안도했다. 별 사이는 아니지만 단지 같이 있다는 것 하나만으로 외로움은 상당히 사라진 느낌이 들었다. 그렇지만 부모님을 제외하고 가장 가까웠던 사람과의 결별은 견디기 힘들었다. 게다가 수화는 그가 처음으로 사랑한 사람이었다.

수화가 부모님이 아프다는 말만 하지 않았다면 그는 매달렸을 것이다. 하지만 부모님이 사고로 돌아가신 삼열로서는 그녀에게 불효를 하라고 요구할 수 없었다. 아무리 그가 괴팍하고 성격이 개차반이라 하더라도 천륜을 저버리는 짓을 강요할 수는 없다.

만약에 자신이 그런 선택을 해야 하는 상황이 온다면 두 번 생각할 것도 없이 혈육을 선택했을 것이다.

마리아는 샤워하고 나오면서 멍하게 서 있는 삼열을 바라보았다. 그 모습을 보자 삼열이 입은 실연의 상처는 생각보다 더 깊은 것 같았다. 하지만 자신이 해줄 수 있는 일은 없다는 것을 깨닫고는 자신의 방으로 들어갔다.

작은 방이었다. 그녀가 지내던 방에 비하면 초라하기까지 한 방이었다. 하지만 간이침대를 편 그녀의 입가에는 환한 미소가 떠올랐다. 처음으로 가치 있는 남자를 알았다는 감격 때문에 오늘 밤에는 잠이 안 올 것 같았다. 그러나 생각과 달리 그녀는 너무나 쉽게 잠에 빠져들었다.

＊　　　＊　　　＊

삼열은 시즌이 끝나고 억지로 몸을 추스르려했지만 좀처럼 쉽게 되지 않았다. 술을 하지 않아 사람들에게는 정상으로 보였지만 실제로는 망가진 영혼이 그의 몸을 조금씩 갉아먹었다.

구단의 정기 건강 검진에서 삼열은 자신만 검사를 두 번이나 받은 것을 의아하게 생각했다. 뭔가 이상이 있나 했지만 그의 몸은 생각보다 튼튼했다. 일주일을 운동하지 않으면 뻣뻣하게 굳어가던 몸이 2주나 운동을 쉬었음에도 보통 사람보다 더 뛰어난 몸 상태를 유지하고 있다.

하지만 닥터 마이어가 고개를 갸웃하면서 검사를 여러 번한 것이 이상하기는 했다.

며칠 후 마리아가 무척 화가 난 상태로 집에 들어왔다.
"무슨 일 있었어요?"
"말도 안 돼요. 구단주가 삼열 씨를 다른 구단으로 트레이드 시킨다고 해요."

"트레이드요?"

삼열도 먹먹했다. 계약했으니 구단이 결정하면 따라야 한다. 하지만 좀 그랬다. 양키스의 더 좋은 조건을 버리고 레드삭스를 선택했는데 1년도 안 되어 트레이드될 줄이야.

펄펄 뛰는 마리아의 모습은 마치 그녀가 트레이드를 당했다고 착각할 정도였다. 상대가 너무 화를 내니 당사자가 뭐라고 말하기도 그랬다.

"뭐, 구단도 생각이 있으니까 그렇게 결정을 했겠죠."

"그러니까 그게 말이 되느냐고요. 삼열 씨는 양키스가 30만 달러나 더 준다는 것을 거절하고 온 사람인데, 말도 안 되잖아요. 막판에 부진하기는 했지만 그래도 당신은 퀄리티 스타트를 했단 말이에요."

마리아의 말을 듣고서야 삼열은 집히는 것이 있었다. 구단이 자신의 병을 드디어 알아차린 것 같았다. 만약 병이 없었다면 그 정도의 부진에 자신을 팔아넘길 이유는 절대로 없었다.

'젠장, 실력으로 증명하는 수밖에 없겠군.'

삼열은 정신이 확 들었다. 구단에게조차 버림받는 처지가 되자 오기가 생겼다. 그들의 결정이 잘못된 것이었다는 것은 오직 실력으로 증명하는 수밖에 없다.

"마리아, 화 그만 내요."

"네? 그게 무슨 말이죠?"

"구단이 제 병을 알아차린 것입니다."

"네? 삼열 씨, 병이 있었어요?"

마리아의 놀란 얼굴을 보고 삼열이 웃으며 말했다.

"난 루게릭병 환자예요."

"오 마이 갓. 그것은 말도 안 돼요."

"하지만 좀 특이한 상태라 보통의 사람들보다 더 격렬하게 운동을 해주면 병이 진행되지 않아요."

"그런 게 있어요? 아니, 그건 말도 안 돼요. 루게릭병은 아직 치료제조차 나오지 않은 병이에요."

"그것은 그만큼 의사들도 그 병이 무엇인지를 모른다는 말이죠. 아무튼 난 아무 이상이 없어요. 보통의 사람보다 훨씬 더 건강하게 오래 살 거예요."

"아… 삼열 씨, 불쌍해서 어떻게 해요."

마리아는 삼열의 말을 믿으려고 하지 않았다. 오히려 조금 전에 화를 내던 모습이 더 나아 보일 정도였다. 삼열은 자신을 위해 이토록 마음을 써주는 마리아에게 고마운 생각이 들었다.

"괜찮아요. 내 존재 가치를 반드시 실력으로 증명하겠어요."

삼열은 더 이상 실연의 상처로 머뭇거려서는 안 될 것을 깨달았다. 마리아 덕분에 일찍 알았으니 그만큼 빨리 몸과 마음을 추스를 수 있을 것이었다. 다만 어느 구단으로 가게 될지가 궁금할 뿐이었다.

다음 날부터 삼열의 삶은 정상으로 돌아왔다. 평소보다 더 많이 뛰고 투구 연습을 했다. 다시 투구를 아주 느리게 단계를 끊어서 해보니 폼이 많이 망가진 것을 느낄 수가 있었다. 공을 던지는 자세 곳곳이 가닥가닥 끊기었다.

'이랬으니 제구가 흔들렸겠지. 하지만 나의 가치를 너희에게 꼭 보여주고 말 테다.'

삼열은 이를 악물고 훈련에 임했다. 뒤늦은 훈련에 팀 관계자는 안타까운 눈빛을 보냈지만 그것으로 끝이었다. 마이너리그에서 선수의 이동은 매우 잦다. 1년에 수십 명의 선수가 오기도 하며 가기도 한다. 삼열은 그중 한 명일 뿐이다.

사실 같은 레드삭스 산하의 팀으로 이동하면 전화 한 통이면 되지만 트레이드는 그렇지가 않기에 직원들도 어느 정도 분위기를 통해 삼열의 트레이드 내용을 알고 있었다. 그러면서 은근히 걱정하기도 했다.

비록 막판에 흔들리기는 했어도 삼열은 여전히 막강한 강속구를 가지고 있는 투수다. 이런 투수를 헐값에 팔려는 구단의 처사가 이해되지 않았다. 직원들도 그가 루게릭병을 앓고 있다는 것은 알지 못했다. 개인의 건강 문제는 담당 닥터인 마이어 박사와 구단의 최상위층 몇 명만이 아는 사실이었다.

레드삭스 단장실에서 벤 케링턴은 머리를 주먹으로 살짝 문질렀다. 그의 앞에는 바비 슐츠 감독이 앉아 있었다. 투수 코치인 존 맥클레어 코치도 있었다.

"그 존스타인이 삼열 강을 탐낸다는데 어떻습니까?"

벤 케링턴도 확신을 하지 못하고 있었다. 사실 트레이드를 확정해 놓고 최종 승인만 남은 상태였다.

"아무래도 컵스는 투수진이 완전히 붕괴되었으니까 우리보다 더 시급할 것입니다. 우리는 트리플A의 선수들 중에 괜찮은 투수 유망주가 있습니다."

바비 슐츠 감독이 말하자 투수 코치인 존 맥클레어도 동의한다는 의미로 고개를 끄덕였다.

"그가 정말로 회생할 확률이 없을까요?"

벤 케링턴 단장이 아깝다는 듯 말하자 데이브 마가단 타격 코치가 입을 열었다.

"데려올 수 있는 마이너리그 선수는 오마츠 선수와 데이브 선수입니다. 둘 중 하나만 성공해도 남는 장사입니다. 게다가 그는 루게릭병에 걸려 있지 않습니까?"

"그게 나도 이상하다는 말입니다. 루게릭병이 있는데 그 정도의 공을 던질 수 있다는 것에 확신이 안 드는 것입니다."

"그래서 검사를 여러 번이나 했습니다. 틀림없는 루게릭병이 맞습니다. 아마 조만간 증상이 악화될 것입니다."

"그러면 저쪽에서 가만히 있지 않을 텐데요."

"알 게 뭔가요. 마이어 박사와 저희만 입을 다물면 아무도 모르는 사실인데요. 물론 의심은 하겠지요. 그러나 저쪽에서 준다는 선수들의 가치는 상상 이상입니다. 컵스의 선발진이 붕괴되지 않았다면 결코 이런 트레이드를 준비하지 않았을 것입니다."

"흐음, 그럼 그를 그리로 보내도록 합시다."

벤 케링턴 단장은 찜찜한 기분을 떨쳐낼 수 없었지만 이렇게 하는 것이 현명한 것임을 알았다. 병에 걸린 투수를 최고의 타자 유망주 두 명과 바꾼다면 확실히 남는 장사였다.

속인 것을 나중에 알아도 당한 놈이 바보인 게 이쪽 바닥의 생리였다. 넘겨주면서 알아서 하라는 식으로 계약서에 몇 자 적어 넣으면 나중에 문제가 생겨도 책임을 회피할 수 있다.

그것이 싫으면 트레이드 자체가 결렬되는 것이니 레드삭스로서는 손해 볼 게 없었다. 하지만 그들은 해서는 안 되는 트레이드를 하고 있는 것을 깨닫지 못했다.

그날 저녁 삼열이 시카고 컵스로 트레이드된다는 기사가 났다.

오마츠 선수, 데이브 선수와 2 대 1 트레이드니 그나마 기분이 나쁘지는 않았지만 상대 팀이 컵스라는 것이 문제였다.

올해 컵스는 중부지구 꼴찌를 했다. 존스타인 사장이 구단을 리빌딩하고 있기에 성적에 연연할 필요는 없어도 그 팀으로는 가고 싶지 않았다.

시카고 컵스는 지금까지 월드 시리즈 우승이 1907, 1908년, 단 두 번밖에 없는 팀이다. 그리고 지구 우승조차도 다섯 번밖에 하지 못했다. 그나마 2003, 2007, 2008년에 지구 우승을 했다는 것이 위안이 될 정도로 허약한 팀이다. 잘 던지고도 승수 쌓기가 힘든 팀이 시카고 컵스다.

삼열은 자신의 트레이드에 대한 기사가 나기 전에 구단으로부터 통보를 받았다. 어차피 트레이드 거부권이 없는 마이너리그 계약이었으니 그로서는 어떻게 할 방법이 없었다.

시카고 컵스를 탈출하려면 메이저리그로 올라가서 3년 동안 풀타임 선수가 된 다음에 연봉 조정 신청을 통해 다른 팀으로 트레이드해 달라고 하는 수밖에 없다. 이것도 구단이 받아들이지 않으면 FA가 될 때까지 기다려야 한다. 삼열은 한숨을 푹 내쉬었다.

삼열은 통보를 받자마자 짐을 싸기 시작했다. 어차피 떠날 것이면 빨리 가는 게 나았다. 마리아에게는 미안했지만 어쩔 도리가 없다.

삼열은 저녁에 마리아와 저녁을 먹으며 작별 인사를 하려고 했다. 하지만 마리아가 웃으며 묘한 말을 하는 게 아닌가?

"호호, 먼저 가서 기다리세요. 거기서도 방 한 개는 내 거예요."

"아니, 그게……."

"남자가 한 번 말한 게 있는데."

"물론 그렇긴 하죠. 그런데 그거는 집이 멀다고 해서……."

"그러니까요. 뭐, 꼭 간다는 건 아니에요. 하지만 만약에 가게 된다면 말이죠."

"뭐, 그렇게 하죠."

삼열은 설마 마리아가 자신을 따라 컵스가 있는 일리노이 주(州)로 올 것이라고는 생각하지는 않았다.

우연한 기회에 그녀를 만나 잠깐 얽히다 보니 같은 집에서 동거 아닌 동거를 하게 되었지만 그녀에게는 아무 느낌도 없었다. 그녀가 아름답고 귀여운 여자라는 것은 인정하지만 서양 여자에 대한 매력은 느끼지 못하였다.

삼열은 브라이언의 차를 타고 공항으로 갔다. 매사추세츠 주에서 일리노이 주까지 자동차로 가기에는 무리가 있었기에 항공편을 이용하는 것이었다. 삼열은 공항으로 들어가면서 이를 악물었다.

"나를 팔아먹은 것을 반.드.시. 후회하게 만들어 주겠어!"

삼열은 두 주먹을 불끈 쥐고는 양키스를 버리고 레드삭스를 선택한 자신의 호의를 무시한 복수를 반드시 할 것을 결심했다.

레드삭스는 자신의 병이 무엇인지 알아채고는 얍삽하게 컵스로 팔아먹었다. 자신에게 병명을 확인하는 절차도 단 한 번도 하지 않고 말이다.

컵스에 가면 리그가 다른 레드삭스와 마주칠 일이 얼마나 있을지 확신할 수는 없다. 하지만 만나는 족족 퍼펙트게임으로 이겨줄 생각이다.

'그동안 너무 안일했었어. 행복에 겨워 더 강한 인간이 되는 방법을 모색하지 않았고, 천재라는 것에 만족하고 보통 인간보다 월등한 능력을 가진 것에 만족했지. 사람들이 나를 존중하게 만들기 위해서는 내가 그런 존재라는 것을 증명하는 수밖에 없어. 수화 씨의 부모가 나를 반대한 것도 그런 이유였지. 반드시 내 존재의 가치를 세상 사람들에게 보여주고 말겠어.'

삼열은 그동안 실연이 주는 아픔에 흔들렸던 자신을 반성했다. 수화를 원망할 마음은 전혀 없다. 그녀는 어려운 시절에 옆에 있어 준 소중한 사람이다. 지금도 여전히 소중한 사람으로 그의 마음에 남아 있다.

하지만 그녀가 그런 선택을 하도록 만든 현실을 바로잡아

줄 필요는 있었다. 그렇지 않다면 신성석과 불의 씨앗을 심장에 넣어준 미카엘이 자신을 비웃을 것만 같았다.

"너의 짝짓기는 그따위 이유로 실패했군. 한심해."

미카엘이 비릿하게 웃으며 자신을 조롱하는 말이 귓가에 울리는 듯했다. 그가 자신에게 준 그것이 얼마나 대단한 것인지 삼열은 너무나 잘 알고 있다. 특히나 신성석은 그가 종족의 율법을 어기고 준 것 아닌가.

비행기가 이륙하자 보스턴 도시가 순식간에 작게 변하더니 구름으로 뒤덮인 하늘 위를 날았다. 약속의 땅이 아닌 저주의 땅으로 가는 삼열의 심정은 비참하기 그지없었다. 모든 메이저리그 구단 중에서 가장 피하고 싶은 팀으로 가고 있다.

삼열은 일리노이 주에 도착해 공항에서 가까운 호텔에 묵었다. 새로운 시작에 대한 흥분이 전혀 없는 것은 아니었으나 앞으로 이 거지 같은 팀에서 고생할 생각을 하니 한숨이 절로 나왔다.

우선 적당한 집을 구하는 것이 문제였다. 너무 갑작스러운 트레이드라 샘슨사도 삼열이 거할 집을 미처 구하지 못했다. 삼열은 에이전트 회사에 가능한 구장에서 가까운 곳이면 좋겠다고 말했다. 물론 그가 그렇게 말하지 않아도 샘슨사가 알아서 최적의 집을 구할 것이다.

삼열은 호텔에서 쉬면서 그동안 해왔던 자신의 훈련법에 대해 다시 검토하기 시작했다. 그동안은 육체의 한계를 깨기 위해 무모하게 운동을 해왔었다. 그러다 보니 심폐 운동 위주가 될 수밖에 없었다.

삼열은 그동안 달리고 또 달렸었다. 그러나 아무리 좋은 운동이라도 완벽하지는 않은 법이다. 엄청난 달리기로 인해 그의 허벅지는 메이저리그의 현역 중에서도 가장 굵은 다리가 되었지만 그것이 효율적인 훈련 방법이라고 말할 수는 없다.

삼열은 심장의 불꽃이 자라 온몸을 장악하기 전에는 이러한 운동을 하루도 빠지지 말고 해주어야 한다. 그런데 투수에게는 상체의 근육도 중요하다. 문제는 유연성을 떨어뜨리지 않는 범위 내에서 근육을 키워나가는 것이다.

랜디 존슨이 강속구를 던질 수 있었던 것도 기형적으로 상체가 강했기 때문이다. 투수의 하체가 강하면 안정적인 투구를 할 수 있지만 햄스트링 부상을 당할 여지가 많다. 이는 투구를 지나치게 하체에 의존하기 때문이다.

하지만 상체가 강하면 하체는 지지대 역할만 하고 나머지는 상체의 힘으로 공을 던지면 된다. 장단점은 있지만 단점을 최소화하기 위해 삼열은 상체의 근력과 유연성을 같이 끌어올릴 생각이다.

그래서 그는 요가를 선택했다. 요가만큼 심신의 안정에 도움이 되는 것도 없다. 또한 인체의 유연성도 길러준다.

그리고 악력을 키우기 위해 실내 암벽 등반을 할 계획도 잡았다. 그렇게 몇 가지 리스트를 작성하면서 삼열은 어떻게 그 계획을 실행할 것인가를 연구했다.

삼열은 이렇게 계획을 세우는 것이 즐거웠다. 그리고 부정적인 생각을 하기보다 행복해지려고 노력하기로 했다. 인생은 짧으니 지나간 불행에 연연하지 않기로 했다. 따라서 자기연민도 그만두고, 지금 느끼는 불행을 타인의 책임으로 돌리기보다는 더 좋은 미래를 꿈꾸기로 했다.

'난 아직 젊어. 보석보다 아름다운 청춘을 감정에 휘둘려 낭비하고 싶지는 않아. 여전히 아름다운 추억과 사랑의 기억은 나에게 그대로 남아 있는 거야.'

계획을 세워두고 보니 전문적인 트레이너의 도움도 필요할 것 같아 나중에 컵스의 코치에게 자문을 구하기로 했다.

삼열은 생각보다 자신이 실연의 충격을 빨리 극복하는 것 같아 씁쓸하게 웃었다. 사실 극복이 아니라 무시한다는 말이 더 정확했다. 생존을 위해 다시 투쟁해야 했으니까.

돈을 받고 프로선수로서 계약했으니 무시를 받는다고 예전처럼 그렇게 막갈 수는 없다. 프로의 세계에서 남들에게 무시를 받지 않으려면 자신의 가치를 실력으로 증명하면 된다. 이

외에 다른 방법은 없다.

"으아~!"

삼열은 소리를 질렀다. 호텔 안이라 마음껏 지르지는 못했지만 단 한 번의 외침만으로도 속이 시원해졌다.

여기서 한 번 더 지르면 호텔 직원이 뛰어올 것 같아서 참았다. 대신 몸을 좌우로 크게 흔들었다. 그러자 몸속의 세포가 팽창하는 듯 말할 수 없는 투지가 들끓었다. 그의 몸은 마치 들판을 달리는 무소 같았다. 피가 뜨겁게 끓어올라 화산이 당장에라도 폭발할 것 같았다.

삼열은 호텔에서 3일을 머문 후에 새로운 집을 얻어 이사했다. 그 후에야 컵스 구단과 일정이 잡혔다. 컵스와 새로 계약한 것이 아니고 트레이드라서 기자 회견 같은 것은 없었다. 단장과 감독과 인사를 나누는 것으로 일정이 잡혀 있었지만 그것은 일주일 뒤였다.

이번에 임대한 집은 예전의 집보다 훨씬 넓었다. 삼열은 이렇게 넓은 집이 필요할까 하는 생각이 들었으나 나쁠 것은 없다고 생각했다. 그만큼 운동 기구를 많이 들여놓으면 좋을 것으로 생각하며.

집을 얻은 다음 날, 전에 사용하던 운동 기구들이 모두 도착했다. 삼열은 이제야 제대로 운동을 할 수 있게 되어 기분이 좋아졌다. 스포츠 센터에서 운동하면 엄청난 그의 폐활량에 사람들이 놀라며 괴물 취급을 하기에 꺼렸다.

삼열은 요가 비디오를 사서 따라 해보았다. 참는 것에는 일가견이 있는 삼열은 자세를 따라 몇 번 해보았지만 허리에 좋은지는 느낌이 오지 않았고 힘만 들었다. 그래도 어쨌든 막연하게나마 요가가 유연성에 도움이 될 것 같기는 했다.

삼열을 흥분시킨 것은 새로 배우고자 했던 실내 암벽 등반이었다. 장소가 집에서 한 시간이나 떨어진 곳이라 불편하기는 했지만 상당히 재미가 있었다.

암벽을 등반하는 것은 재미도 있었지만 손가락의 힘을 기르는 데도 최고였다. 두 손과 두 발로 인공으로 만들어진 암벽을 오르는 것인데, 삼열은 이틀 만에 어느 정도 적응을 했다. 그래서 오른손 엄지와 중지에 힘을 집중하여 훈련을 해보니 집에서 완력기로 하는 것과는 비교가 안 되게 효과가 좋았다.

이러한 훈련은 단순히 손가락의 악력만 올려주는 것이 아니라 몸 전체를 사용해야 해서 몸의 균형을 맞추는 데에도 도움이 되었다.

삼열은 훈련을 마치고 집으로 돌아와 어떻게 하면 암벽 등반과 같은 효과가 있는 운동을 집에서 할 수 있을까 생각하다가 철봉을 주문 제작하여 설치했다. 그리고 시간이 날 때마다 손가락만으로 턱걸이하는 훈련을 했다.

"하하하, 이렇게 하면 되는군!"

지난 3일 동안 육체 강화 훈련에 빠져 그는 시간 가는 줄을 몰랐다.

일주일이 지나고 약속한 컵스와의 미팅이 있는 날, 삼열은 브라이언의 차를 타고 구단의 사무실로 갔다. 놀랍게도 베일 카르도 감독과 존스타인 사장 겸 단장이 삼열을 기다리고 있었다.

"어서 오시오. 나는 존스타인 사장이오."

"삼열 강입니다."

"이쪽은 베일 카르도 감독, 그리고 라이언 호크 투수입니다."

삼열은 그들과도 인사를 나눴다. 존스타인 사장은 잘생긴 얼굴의 백인으로 날카로운 인상을 풍겼다. 베일 카르도 감독은 정식으로 메이저리그 사령탑을 맡은 것이 처음이었고 올해 마운드의 붕괴로 굉장히 고생했다. 당연히 시카고 컵스는 중부지구 꼴찌를 기록했다.

"하하, 알다시피 올해 컵스의 기록은 좋지 못하네. 그래서 우리는 레드삭스에 삼열 강 선수를 강력하게 요청했네."

"아, 네."

삼열은 그렇게 하지 말았어야 한다고 속으로 중얼거렸다.

자신은 염소의 저주는 믿지 않았다. 하지만 패배 의식에 찌들어 있는 만년 꼴찌 후보인 컵스는 달갑지 않았다.

컵스는 존스타인 단장이 변화를 시도하고 있지만 잘되지 않고 있었다. 컵스의 변화와 혁신은 레리 핀처를 쫓아내면서 시작해야 하는데, 이게 쉽지가 않았다.

2014년까지 컵스는 그에게 연간 1,900만 달러를 지급해야 하는데 그는 제 역할을 제대로 해주지 못하고 있었다. 올해도 잦은 부상으로 100타점도 올리지 못했다. 그러니 컵스의 어두운 그림자는 레리 핀처를 처리해야 걷힐 것이라고 볼 수 있다.

삼열이 시큰둥하게 나오자 존스타인 단장이 웃으며 분위기를 부드럽게 이끌어 가려고 노력했다. 까칠한 삼열도 이미 성사된 트레이드이기에 구단의 고위층과 척을 지고 싶은 생각은 없었다.

"사실 나는 자네가 테네시 스모키즈와 시합을 할 때 구단 사무실에서 보고 있었지. 그리고 컵스의 새로운 시대에 가장 적합한 투수로 생각했네."

"아, 네."

삼열은 시큰둥하게 대답했다. 여기에 있는 사람들에게 잘 보여야 한다고 생각은 하지만 그게 쉽게 되지는 않았다. 이 저주받은 땅에서 새로운 시작을 하기에는 너무나 조건이 좋지 않았던 것이다.

"하하하, 사실 올해 우리는 새로운 선수들로 팀을 전혀 다르게 만들었네. 자네가 그 한 축을 맡아주게."

삼열은 그제야 이야기의 흐름을 알아챘다. 자신이 내년에 마이너리그에서 뛰는 것이 아니라 메이저리그로 바로 승급된다는 소리였다. 이렇게 되면 이야기가 달라진다.

물론 메이저리그에서 시작한다고 계속 거기서 뛸 수 있는 것은 아니다. 언제든지 마이너리그로 강등될 수 있지만 기회가 주어졌다는 것이 중요했다.

"최선을 다하겠습니다."

이야기 내내 시큰둥하던 삼열이 갑자기 의욕적으로 나오자 존스타인 단장과 베일 카르도 감독이 조금 놀라는 눈치였다.

삼열은 존스타인 단장의 얼굴을 바라보았다. 그도 컵스에 와서 생각보다 팀의 변화를 이끌어내지 못해서 어려움을 겪고 있는 중이었다.

이미 그가 예전에 즐겨 사용하던 연봉 대비 저평가된 선수들을 찾는 것은 이제 더 이상 새로운 것이 아니었다. 당연히 싼 값에 좋은 선수를 데려오는 것도 불가능해졌다.

라이언 호크 투수만이 이런 컵스의 현실에 씁쓸하게 웃으며 삼열을 바라보았다.

밤비노의 저주를 깨고 2004년과 2007년에 월드 시리즈 우

승을 이끌어낸 존스타인이라는 걸출한 단장이 있음에도 내셔
널리그 중부 지구 꼴찌라는 초라한 성적을 거둔 것이 컵스의
현주소였다.

"잘 부탁하네."

"네, 걱정하지 마십시오. 컵스가 내년에는 우승할 수 있도
록 온 힘을 다하겠습니다."

"아, 그렇게 해주게."

존스타인은 삼열을 보고 웃었다. 어떻게 보면 맹랑한 타입
의 선수인 것 같았다. 지금 시카고 컵스에 필요한 선수는 카
리스마가 있는 리더였다. 그런데 삼열은 어린 투수치고는 강
단이 있어 보여 마음에 들었다.

삼열은 이야기를 마치고 사장실을 나왔다. 같이 나온 라이
언 호크가 삼열의 어깨를 치며 웃었다.

"웰컴. 저주받은 땅에 온 것을 환영하노라."

"걱정 마. 저주 따위는 없어. 그 염소 주인이 무슨 하나님,
부처님도 아니잖아."

"오, 듣고 보니 그렇군."

"저주한 그놈이 마법사도 아니고 선지자도 아니고."

"그렇긴 하지."

"염소를 데리고 경기장에 들어가려고 강짜를 부린 미친놈
이 뭔 저주야, 재수 없게. 미친놈은 무시해야지. 그런 놈의 망

령에 사로잡혀서 뭔 짓들이야. 한마디로 말해 실력이 없어서 였겠지."

"그렇지는 않아. 최근에 지구 우승도 세 번이나 했으니까 컵스가 실력이 없다고는 말하기 힘들지."

"……."

"언제부터 합류할 거야?"

"내일부터 해야지."

"시즌이 끝나서 훈련하는 사람이 거의 없을 텐데. 나도 구단의 연락을 받고 나온 거야. 이 시간에 구단에 있으면 문제가 있는 거지."

"하하, 쉬는 것도 연습 못지않은 일이지. 하지만 난 너희하고 다르잖아. 난 이제 마이너리그에서 겨우 올라왔어. 또 언제 내려갈지 모르는데 너희하고 같이 행동하면 안 되겠지."

"네 말에 왜 내 양심이 찔리지?"

"그건 네 문제고."

삼열은 당당했다. 그리고 태연하게 선배 선수에게 싸가지 없는 말을 했다. 원래 이것이 그의 캐릭터였다. 수화와 만난 후 부드러워졌지만, 이제 다시 예전의 그로 되돌아가고 있었다.

성공한 삶이라고 자부했던 메이저리그와의 계약이 단번에 무시되고 애인과의 이별 때문에 잠시 흔들리자 구단은 즉시 삼열을 타 구단에 팔아먹었다. 그는 다시 한 번 이를 악물고 독기를 품었다.

'너희에게는 없는 것이 나에게 하나 있지.'

삼열은 회심의 미소를 지었다. 하늘은 푸르고 맑았지만 차가운 공기가 뺨을 스쳤다. 겨울이 다가오는 것이 햇살과 마주쳐 오는 바람의 숨결에서도 느껴졌다.

계절은 변하고 있었다. 사람들은 두꺼운 옷으로 자신을 감싸고 스스로를 보호하려고 한다.

그들의 표정도 여름에 비해 조금씩 어두워졌다. 겨울이 오고 있었다.

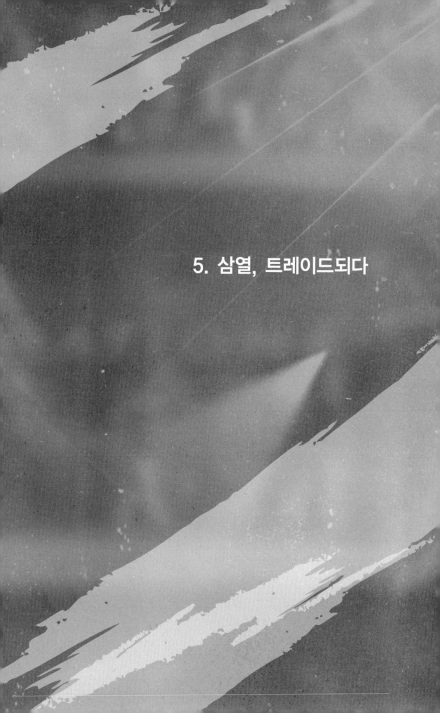

5. 삼열, 트레이드되다

삼열은 존스타인 단장과 만난 다음 날부터 구단 훈련장에 나와 사람들과 인사를 나누고 본격적인 메이저리그의 생활을 시작했다.

만약 삼열이 컵스 산하에 속한 마이너리그 소속이었다면 시즌 중에 전화 한 통화로 올리면 되는 일이었다.

하지만 트레이드였다. 컵스는 하루라도 빨리 선수를 충원하고 싶은 욕심으로, 레드삭스는 병든 선수를 빨리 처리하기를 바랐다.

그래서 전격적으로 트레이드가 이루어졌고 컵스는 일단 삼열에게 메이저리그에서 훈련하도록 배려했다. 아니, 그만큼 컵스의 붕괴된 선발진이 심각했다는 것이었다.

올해 컵스의 승률이 불과 3할 2푼 8리에 지나지 않았다. 열 경기를 하면 일곱 경기는 졌다는 말이다. 강타자들이 구단을 떠난 것도 이러한 낮은 승률이 원인이었지만, 무엇보다도 선발 투수들이 시즌 초반부터 붕괴되었기 때문에 이런 결과가 나왔다.

삼열은 집으로 돌아와 차가운 물을 마시며 철봉에 손가락으로 매달렸다.

지루함을 없애기 위해 3단으로 만든 철봉의 위아래를 손가락의 힘만으로 옮겨 다니면서 악력을 키웠다.

이제 삼열은 러닝을 한 시간 이상은 뛰지 않는다. 다만 그 한 시간 동안 전력 질주를 함으로써 운동 시간의 부족을 메우고 있었다.

리글리 필드에는 생각 밖으로 사람들이 많이 나왔다.

"하이!"

"하이!"

로버트 메트릭은 이번에 트리플A에서 시즌 막판에 올라온 유격수로, 다리가 O자형으로 휜 특이한 체형을 가졌다. 그리고 남들보다 긴 팔과 큰 손을 가지고 있으면서 뛰어난 수비 능력을 갖춘 선수였다.

얼굴이 다소 길어 운동선수라기보다는 시인이나 소설가에 더 어울릴 듯한 외모를 가진 그는 늘 웃으며 사람들을 대하곤 했다. 게다가 그는 언제나 삼열보다 먼저 훈련장에 나와 늦게 돌아간다.

삼열에게 처음으로 강력한 라이벌 의식을 느끼게 해주는 선수였다. 지금까지 누구도 삼열만큼 훈련에 미친 사람은 없었기 때문이다.

"헤이, 로버트. 잘돼가?"

"별로."

로버트가 구부정한 등을 펴고 삼열에게 말했다.

"자, 그럼 내가 던질 테니 쳐봐."

삼열은 투수 보호망을 앞에 세워두고 로버트에게 공을 던졌다. 삼열은 투구폼을 교정하려고 던지는 것이라 로버트는 대부분의 공을 쳐냈다. 전력투구의 60% 선에서 던지니 던지는 족족 공의 중심을 때리는 것이다.

한 시간 동안 공을 던지고 치기를 마치자 로버트가 삼열에게 다가와 말했다.

"와우, 대단한 공을 가졌군."

로버트는 삼열이 던져 주는 배팅 볼이 배트의 중심에 맞기는 했지만 방망이를 통해 느껴지는 묵직함에 상당히 놀랐다.

"내가 최고야. 누가 봐도 내가 좀 죽여주지. 둘째가라면 서럽지."

"하하, 그렇긴 하지만 자뻑이 좀 심하네."

"자기 자랑이 아니라 자기의 능력에 대한 확신이지. 이 빌어먹을 컵스에서 살아남으려면 꼭 필요한 것 아니겠어? 미친 염소 주인의 코를 묵사발 내려면 과할 정도의 확신이 있어야 해. 너도 명심해. 네가 이곳에서 최고의 선수라고 믿어야 한다고."

"너 보기보다 멋진 녀석이구나."

"너는 너무 느려. 그것을 이제야 알아채다니."

"하하하."

로버트는 허리가 뒤로 꺾일 정도로 크게 웃었다. 대부분 주전이 빠진 연습장에서 훈련하는 것은 어디 갈 데가 없는 후보 선수들이 대부분이었다. 삼열처럼 리그가 시작하기도 전에 승격된 선수는 거의 없었다.

코치진이 대부분 휴가를 가버린 상황이라 연습장에는 선수와 타격 코치 한 명밖에 없었다. 그래서 삼열은 더 열심히 훈련에 임했다. 마음이 아무리 급하고 독기와 오기로 가득 차도 현실에서 할 수 있는 것은 그냥 묵묵히 훈련하는 것밖에 없다.

삼열이 독기를 품자 이전과는 비교가 되지 않을 정도로 엄청난 에너지를 내기 시작했다.

안 그래도 연습량이 엄청났던 그였지만 이전과 비교하면 강도 면에서는 상상을 불허할 정도였다. 특히나 레드삭스에 대한, 극에 달한 배신감과 분노가 그를 더욱 훈련으로 내몰았다.

그런데 그런 그만큼이나 열심히 훈련하는 사람이 있었으니 지금도 옆에서 타격 훈련을 하고 있는 로버트 메트릭이었다. 그는 정말 연습장에서 자고 먹는 것이 아닌가 할 정도로 일찍 나와서 밤늦게까지 배트를 휘둘렀다.

'저 녀석은 인간의 몸이 아냐.'

삼열은 로버트가 연습하는 것을 보며 중얼거렸다. 자신이야 신성석이라는 비밀을 간직하고 있으니 이런 무지막지한 훈련을 소화하며 버틸 수 있지만 로버트는 정말 믿을 수 없을 정도로 몸이 튼튼했다.

"저놈이야말로 정말 괴물이군."

"누가 괴물이라는 거야?"

존 스튜어트가 묻자 삼열이 턱으로 로버트를 가리켰다.

"흐음, 괴물이 괴물더러 괴물이라고 하네."

"누가 괴물이라는 거야?"

"너도 양심이 있으면 주위를 둘러봐. 네가 연습하는 모습을 보고 모두 고개를 절레절레 흔드는 게 안 보이는 거냐? 이젠

장할 녀석아."

"뭐, 젠장할 녀석? 너 지금 나 도발하냐?"

"항복이다. 아니, 그럴 마음 전혀 없어. 너랑 싸우려면 네 그 엄청난 체력을 감당해야 하는데? 넌 하루 종일 때리고도 지치지 않을 거 아냐. 하여튼 너나 저 녀석이나 둘 다 외계인 인 것은 확실해."

"음하하하, 외계인이면 페드로 마르티네스? 그 얼굴 검은 아저씨?"

"너 그거 인종 차별 발언인 거 아냐?"

"안다, 이 백인 자식아. 니들은 말로는 안 해도 속으로는 매일 하잖아."

"난 아니야. 미래의 에이스, 그러지 말고 잘 지내보자."

존은 특유의 넉살로 삼열의 말을 받아쳤다. 잘생기지는 않았지만 옆집 오빠 같은 외모를 가진 그는 늘 웃는 얼굴로 사람들을 대했다.

그는 삼열과 로버트가 연습하는 것을 보고 조금씩 따라서 하기 시작했다. 그러자 자연히 훈련 시간이 늘어나기 시작했다. 그리고 하루, 이틀, 사흘… 시간이 지나면서 연습장은 훈련하는 선수들의 열기로 후끈거리기 시작했다.

원래 미친놈 옆에 있으면 멀쩡한 사람도 이상하게 되는 법이다. 그런데 컵스의 연습장에는 훈련에 미친놈이 두 명이나 있다 보니 다른 선수들도 점점 물들어가기 시작했다.

그들은 시즌이 끝난 후에 휴가도 반납하고 이를 악물고 절치부심하면서 기회를 노리던 선수들이었으니 순식간에 연습장은 그 열기로 뜨거워졌다. 그 선봉에는 독설로 유명한 삼열이 섰다.

"염소의 저주? 뻐큐다. 타도하자, 주전 선수! 우리라고 언제까지 무시를 받을 수는 없다."

삼열이 소리를 치면 따라서 외치는 선수들도 생기기 시작했다. 이러한 변화는 남아서 선수들을 관리하던 타격 코치를 통해 구단의 최상부까지 보고가 되었다.

삼열은 언제나 공을 던지면서 중얼거렸다. 그래서 컵스의 후보 선수들은 그를 떠버리 삼열이라고 불렀다. 삼열은 항상 '나는 최고다, 그 누구도 막을 수 없어, 다시는 무시받지 않을 테다'와 같은 이상한 말을 한국말로 중얼거렸다.

주전 선수들이 한 해의 농사를 망치고 좌절하여 쉬고 있는 동안 그 자리를 노리는 후보 선수들의 반항이 시작된 것이다. 프로는 오직 실력으로 말할 뿐이다.

프로의 세계에서 자신의 가치를 실력으로 증명하게 되면 그 누구도 무시하지 못한다.

삼열은 로버트를 보고 고개를 좌우로 흔들었다. 인간 로봇이 따로 없었다. 그는 야구에 미친 사람이었다. 그는 술은 물론 담배도 하지 않는다. 잠도 충분히 잔다. 그리고 깨어 있는 순간에는 오로지 연습뿐이었다.

독기와 오기로 똘똘 뭉친 삼열조차 그에게는 두 손을 들 정도로 야구에 미쳐 있었다. 게다가 삼열이 오자 그도 자극을 받았는지 연습의 강도가 점점 강해지는 바람에 옆에서 지켜보던 타격 코치가 말릴 정도였다.

인간 중에 아주 특별한 신체를 가지고 있는 사람들이 간혹 있다. 베이브 루스와 지미 팍스 같은 선수는 신체가 워낙 좋아 연습을 하지 않아도 언제나 최고의 활약을 펼쳤다.

그런데 저건 도무지 어떤 종자인지 알 수가 없다. 하루 종일 파김치가 되도록 연습을 하고도 다음 날에는 쌩쌩해져 다시 배트를 휘둘렀다.

"그래, 네가 갑이다."

삼열은 자신의 패배를 인정했다. 그러면서도 로버트보다 더 열심히 하려고 노력했다.

미국 메이저리그는 동계 훈련이 없다. 2월 초에 스프링 캠프로 모였다가 바로 시즌이 시작된다. 그동안의 시간에는 각자 알아서 훈련해야 하는데 구단이 제공하는 연습실로 나와도 되고 개인 훈련을 해도 된다.

존스타인 단장이 컵스를 지휘하는 올해에도 이것은 별반 다르지 않았다. 시카고 컵스의 경우에는 공식 경기 일정이 끝난 10월 3일부터 선수들은 개별 행동을 해도 된다.

구단마다 조금씩 다르지만 대체로 시즌이 끝나면 선수들은 각자의 개인 활동을 한다.

삼열도 시즌이 끝난 10월 중순에 컵스에 도착하여 말경부터 본격적으로 훈련에 돌입하였다.

구단 내에 고액 연봉자가 있으면 팀 분위기가 좋지 않아진다. 고액 연봉을 받는 선수가 제값을 해주면 그나마 어느 정도 위화감이 줄어들지만 1,900만 달러나 받는 레리 핀처가 올해와 같이 헤맨다면 팀 분위기는 쉽게 엉망이 된다.

선수들은 자기의 연봉과 고액 연봉자를 끊임없이 비교하면서 불만을 가지게 된다. '저렇게 엉망인데도 재는 왜 1,900만 달러나 받고 난 왜 100만 달러도 못 받지?' 선수들이 이런 생각을 하게 되는 순간 팀은 바로 망가진다.

한마디로 고액 연봉자가 팀에 있어서 좋은 경우보다는 나쁜 경우가 더 많다는 소리다.

올해 시즌이 끝나면서 컵스의 뒤끝이 안 좋았던 이유도 여기에 있었다.

존스타인은 끊임없이 유망주를 사 모으고 있었다. 그는 올해 당장 쓸 수 없다고 해도 트레이드를 통해 선수를 모아 팜(Farm)을 구성하였다. 그리고 가능성이 있으면 과감하게 메이저리그에 올려 자질을 테스트하곤 했다.

존스타인은 이런 팜 시스템을 통해 밤비노의 저주를 깼다. 2004년 레드삭스의 월드 시리즈 우승은 가치 대비 저렴한 선수들로 팀을 구성하여 이룬 위대한 업적이다.

2007년에는 FA로 선수들이 빠져나갔음에도 다시 월드 시리즈를 제패했으니 결국 저주를 깨는 것은 실력 있는 선수들에게 달린 것이다.

86년을 끌어온 밤비노의 저주도 실력 앞에서는 허물어질 수밖에 없다. 사실 저주 따위란 애초에 없으니까.

존스타인은 책상 앞에 놓인 보고서를 살폈다. 후보 선수들이 많이 남은 구단 연습장의 열기가 과열에 이를 지경이라는 말에 그는 빙긋 웃었다.

"물건이 제대로 들어왔군."

보고서 안에는 삼열이 말한 염소에 대한 이야기도 있었다.

'염소를 데리고 구장에 들어가려고 한 관중을 미친놈이라고 했다니 재미있군.'

삼열이 로버트와 이야기를 할 때 구단 타격 코치 하마머스가 옆에 있었다. 그는 후보 선수들의 타격을 지도해 주며 그들의 동향에 대한 보고서도 제출하였다.

존스타인은 잘만 하면 생각보다 컵스의 분위기가 빠르게 변할 수 있겠다고 생각했다. 시카고 컵스에는 구단 변혁에 걸림돌이 너무 많았다.

고액 연봉을 받는 선수뿐만 아니라 잘못된 관습과 습관, 그리고 패배 의식이 뿌리 깊게 쌓여 있었다.

존스타인은 삼열의 기록을 그의 기억에 새겼다. 그리고 로버트도 역시 주의 깊게 보았다.

로버트는 뛰어난 재능은 없지만 엄청난 의지로 그 간격을 뛰어넘는 선수였다.

작년에 마이너리그에서 가장 빠른 속도로 성장한 선수가 다름 아닌 그였다. 그래서 구단은 시즌 막판에 그를 메이저리그로 불러 올렸다.

"올해는 레리 핀처도 제 역할을 해주지 않으면 마이너리그로 갈 것이다."

존스타인은 손뼉을 치고 미소를 지었다. 그러자 어두웠던 미래가 조금은 밝아오는 것 같았다.

*   *   *

구단의 연습장에 메이저리그 선수들이 하나둘 나타나기 시작했다.

12월의 차가운 공기를 헤치고 찾아온 그들은 후보 선수들이 연습하는 것을 보고 비웃었다. 그것은 네깟 것들이 해봤자 별수 있느냐는 무시의 표현이었다.

하지만 시간이 지나면서 그들도 사태의 심각함을 깨닫기 시작했다. 주전 선수라 해봤자 결국은 작년에 형편없는 기록을 남긴, 별로 대단할 것 없는 선수들이었다.

조 오르티오는 사람들이 바보라고 할 정도로 단순한 머리를 가지고 있었다. 하지만 그는 그라운드에서만큼은 천재였다.

그러나 작년에는 출전 기회를 제대로 잡지 못했었다. 그의 앞에 1,900만 불의 사나이 레리 핀처가 버티고 있었기 때문이다. 메이저리그의 계약에 의해 연봉이 더 높은 선수를 주전으로 뛰게 해야 하기 때문에 레리 핀처가 주전으로 나갔다.

"헤이, 조. 너는 여기 왜 왔냐?"

"그, 그냥."

조 오르티오는 멍한 눈으로 존 마크를 바라보며 대답했다. 어벙한 그의 표정을 보고 존 마크는 피식 웃었다. 그를 놀리는 것은 언제나 재미있었지만 올해는 그렇게 하지를 못했다. 팀 분위기가 너무 다운되어 있었기 때문이다. 게다가 그의 단짝인 스트롱 케인이 항상 붙어 있기도 했다.

스트롱 케인은 올해에도 3할 6리의 맹타를 휘둘렀고, 조 오르티오 역시 간간이 출장하면서 굉장한 수비를 했다. 조 오르티오의 약점은 방망이가 약한 것이지만 수비에서 그의 능력은 정말 탁월했다. 그의 강인한 어깨는 외야에서 다이렉트로 홈 송구를 할 수 있을 정도였다.

문제는 그의 앞에 영양가가 없는 고목이 버티고 있어 출전 기회 자체가 별로 생기지 않았다.

삼열은 로버트를 따라 식당으로 갔다. 구단은 시즌이 끝났어도 남아 있는 선수들을 위해 식사를 제공하고 있었다. 물론 시즌 때처럼 고칼로리 식단은 아니었지만 먹을 만했다.

"헤이, 로버트. 너 그렇게 연습하다가 허리 부러진다."

"너야말로 허리가 두 동강 날지도 모르지. 그러니 이쯤에서 살길을 마련해."

"난 슈퍼맨이야."

"뻐큐, 선 오브 비치!"

"너 이 새끼, 욕을 하고 지랄이야. 한번 해보자는 거야?"

"오우, 노. 조크였어."

"넌 농담을 욕으로 하냐?"

"하하하."

로버트는 항상 어린 삼열과 이야기를 하면 즐거워졌다. 작은 말에도 바르르 떨며 발끈하는 모습이 재미있었던 것이다. 그리고 지금처럼 자신이 뒤로 한발 물러서면 아무런 문제가 생기지는 않는다.

만약 자신이 물러서지 않으면 삼열이 미친 소처럼 돌진할 것이라는 사실은 너무나 잘 알고 있다.

"요즘 훈련은 잘돼?"

"헐값에 팔려 와서 죽으라고 연습 중이다. 나를 팔아먹은 그 개 같은 놈들에게 빅 엿을 먹여주기 위해 이를 갈고 있지."

"빅 엿?"

"아참, 넌 모르는구나. 그레이트 뻐큐라는 거지."

"헐, 무서운 말이군."

"왜, 넌 애인이 밤마다 실망했다고 칭얼거려?"

"삼열, 난 내 동생들을 위해 야구를 하는 거야. 그런 말은 나의 형제들에 대한 모독이다."

삼열은 로버트가 유난히 동생들을 아끼는 것을 알기에 미안한 표정을 짓고는 슬쩍 물러났다.

"근데 너희 도미니카 공화국에는 뭔 야구쟁이가 그렇게 많아? 너를 비롯하여 조와 스트롱 케인도 그렇고."

"도미니카 공화국의 아이들에게 신발은 없어도 야구 글러브는 있다는 말, 들어보지 못했어? 우리는 야구를 사랑하니까."

"부럽다, 새끼. 그나저나 스트롱 케인은 왜 그렇게 잘해?"

"우리 도미니카 출신들은 모두 야구를 잘해."

삼열은 그 말에 피식 웃었다.

점심을 다 먹은 선수들은 다시 각자의 훈련을 하러 떠났다.

삼열은 문득 추워진 날씨를 실감했다. 이 겨울을 잘 보내면

한해 농사가 성공하는 것이고 아니면 시즌 내내 고생해야 한다.

지이잉.

삼열은 핸드폰이 울리자 전화를 받았다.

—여보세요.

"누구시죠?"

—어머, 삼열 씨. 그사이에 내 목소리 까먹은 거예요?

수화기 너머 밝고 활기찬 마리아의 목소리가 들렸다. 삼열은 뜬금없이 이 여자가 왜 전화를 했을까 생각했다.

"아, 반가워요. 그런데 웬일이세요?"

—집 현관문 비밀번호가 몇 번이에요?

"네?"

삼열은 어이가 없었다. 갑자기 왜 자신의 집 잠금장치 비밀번호를 묻는지에 대해 잠시 생각하다가 몸을 부르르 떨었다.

'설마?'

삼열은 고개를 흔들며 절대 그럴 리가 없을 것으로 생각했다. 하지만 곧 들려온 마리아의 목소리에 절망했다.

—여기 삼열 씨 집 앞이에요.

"기다려요. 곧 갈게요."

—추워요. 일단 비밀번호 먼저 불러요.

삼열은 추운 12월의 날씨를 생각하고는 어쩔 수 없이 비밀번호를 말해 줬다. 그리고 서둘러 짐을 챙겼다.

몇몇 선수들이 일찍 집으로 가는 그의 뒷모습을 의아하게 바라보았다.

삼열은 차를 몰면서 이럴 수는 없다고 생각했다. 이제 겨우 이곳에 조금 익숙해졌는데 난데없는 불청객이 쳐들어온 것이다.

그는 불과 2주 된 따끈한 운전면허증을 가진 초보 운전자이기에 빠르게 운전을 할 수는 없었다. 이제는 운전이 많이 익숙해졌지만 아직은 조심스러웠다.

'왜 왔지?'

아무리 생각해도 이해할 수 없었다. 그녀와 자신은 아무런 사이도 아니었다. 잠시 같이 살기는 했지만 그것은 순전히 자신이 말실수했기 때문에 어쩔 수 없는 일이었다.

그때는 너무나 힘든 시기여서 그녀가 아니라 그 누구라도 옆에 있어 주는 것이 힘이 되었다. 그래서 그녀에게 고마워하는 마음은 있었지만 그것은 그거고 이것은 전혀 다른 것이었다.

'혹시 나를 정말로 좋아하는 건가?'

삼열은 피식 웃었다. 말도 안 된다. 그녀는 엄청나게 아름다운 백인 여성이다.

자신도 그녀를 처음 본 순간에는 숨이 턱 막힐 듯해서 무척이나 놀랐었다. 게다가 하버드 대학 박사 출신이 아닌가.

집에 도착해 보니 이미 마리아는 짐을 풀고 샤워를 막 마치고 나왔는지 가운을 입고 집 안을 돌아다니고 있었다.

"오, 삼열 씨. 반가워요."

삼열을 보고는 마리아가 환하게 웃으며 그에게 인사를 했다.

"도대체 어떻게 된 일이에요?"

"룸메이트를 보러 왔죠."

"아, 그럼 잠시 들른 건가요?"

"그럴 수도 있고 아닐 수도 있어요."

"……?"

당황한 삼열을 마리아는 웃으며 바라봤다.

"반갑지 않아요?"

"조금은……."

"아, 실망이네요. 조금밖에 반갑지 않다니요. 치잇!"

마리아가 혀를 귀엽게 내밀었다. 사실 삼열이 말한 그 '조금'은 반갑다는 것이 아니라 '조금은 그렇다'는 뜻이었다. 조금 당황스럽다, 조금 기분이 안 좋다, 그런 뉘앙스의 말이었는데 마리아가 제멋대로 착각한 것이다.

그런데 사람의 마음이라는 게 참 간사했다. 처음에는 그녀의 방문으로 인해 기분이 좋지 않았는데 막상 이야기를 나누고 밥도 같이 먹다 보니 그녀와 함께 있는 것도 나쁘지는 않았다. 사실 삼열은 사람이 그리웠다.

반면 마리아는 자신의 방에서 분노의 어그로를 일으키고 있었다.

'어머, 저 남자가 나의 유혹에도 꿈쩍하지를 않네. 아, 정말 화가 나려고 해.'

마리아는 삼열이 집에 도착하였을 때 마침 샤워를 마친 후였다.

촉촉한 머릿결과 은근히 비치는 살결에 삼열이 반응할 것이라고 그녀는 생각했다. 하지만 삼열은 무반응이었다.

더욱이 소파에 다리를 꼬고 앉아서 이야기할 때조차도 그는 자신의 유혹에 넘어오지 않았다. 그러자 왠지 무시를 당하는 것 같은 기분이 들었다.

그래서 네가 어디까지 버티는가 보자고 은근한 추파를 던졌는데 자신은 일이 있다며 방으로 들어가서 나오지 않고 운동만 했다.

'흥, 두고 봐. 나를 사랑하게 만들 거야.'

마리아는 삼열의 집에 오면 크게 환영받을 줄 알았다. 그녀는 어릴 때부터 남자에게 단 한 번도 이런 대우를 받은 적이 없다. 아름다운 외모와 누구보다 총명한 머리로 인해 항상 관심과 사랑을 독차지해 왔다.

물론 그녀도 모든 남자가 자신에게 관심을 가지고 사랑에 빠져야 한다고는 생각하지 않았다. 오히려 그런 것을 경멸해 왔는데 오늘은 자신의 유혹에도 담담했던 삼열에게 자존심이 상했다.

하지만 그런 것은 겉으로 표현할 수 없는 미묘한 것이어서 마리아는 한숨을 내쉬었다.

'아직 마음의 상처가 치유되지 않은 거야. 하긴, 헤어진 지 얼마 되지 않았는데 다른 여자를 사귀는 것도 정신적으로 문제가 있는 거겠지.'

마리아는 기다리기로 했다. 좋은 남자를 얻는 데 생각보다 더 많은 시간이 걸린다는 것을 느끼고 주먹을 꽉 쥐었다.

잠자리에 들기 전까지 운동하는 삼열의 모습을 보고 그녀는 기이한 감동을 받았다.

자기 일에 이렇게 열정을 가지는 남자는 언제나 매력적이다.

그가 흘리는 땀방울이 모여 마운드에서 빛을 발할 것이라고 생각하니 마리아는 점점 더 삼열에게 빠져들었다.

별빛이 유난히 빛나는 어두운 밤에 마리아는 자리에 누워 눈을 감았다. 그녀의 입가에 미소가 떠오르고 얼마 지나지 않아 잠에 빠져들었다.

삼열은 조금 당황스러웠다. 갑작스러운 마리아의 뜻밖의 방문도 그렇고 자신에게 가지는 그녀의 관심도 불편했다. 그녀같이 대단한 여자가 왜 자신에게 이러는지 이해가 가지 않았다.

수화야 어릴 때의 치기와도 같은 풋사랑이 짙어져 연인 사이가 된 것이었다. 하지만 마리아는 달랐다. 그래서 그녀가 베푸는 친절과 관심이 거북했다.

그러나 그러면서도 그녀가 자신의 집에 있는 것이 싫지는 않았다.

그녀는 다른 사람을 귀찮게 하는 여자가 아니었다. 조금 지나치다 싶으면 어느새 뒤로 물러나 거리를 두는, 굉장히 현명한 여자였다.

다음 날 아침, 마리아가 식사하면서 삼열에게 말했다.

"오늘은 외출해야 해요. 점심엔 약속이 있고 저녁은 괜찮아요."

"아, 네."

마리아는 머뭇거리는 삼열을 보며 다시 억장이 무너지는 것을 느꼈다.

'아우, 밥상을 차려줘도 못 먹니?'

마리아는 삼열에게 넌지시 돌려 말했지만 별 반응이 없자 입술을 꽉 깨물고는 먼저 데이트 신청을 했다.

"저녁에 우리 같이 식사해요."

"저녁 식사요?"

"네, 시간이 없나요?"

"그건 아니지만… 요즘 저녁 늦게까지 연습장에서 훈련하고 오거든요."

"흥! 지나친 운동은 오히려 마이너스인 것 알죠?"

"네."

"그러니 오늘 하루 저랑 식사한다고 무슨 일이 생기지는 않을 거예요."

"그렇긴 하겠죠."

"그럼 레스토랑을 예약해 놓을게요."

"아, 네."

삼열은 마리아가 이렇게까지 하자 더 이상 버틸 수가 없었다. 사실 내키지는 않아도 이렇게 매력적인 여자와 하는 식사가 싫은 것은 아니었다.

마리아는 삼열보다 일찍 집에서 나갔다. 정장을 차려입은 그녀는 아름다울 뿐만 아니라 청순하기까지 했다. 아름다운 미모가 그녀가 입은 옷에 날개를 달아준 듯 눈부시게 화사하였다.

삼열은 러닝머신 위에서 한 시간 동안 뛰고 난 후에 늦게 연습장에 도착했다. 그러자 여기저기서 그에게 말을 걸어왔다.

"헤이, 삼열. 어제 무슨 일이 있었던 거야?"

"헤이, 맨. 너 어제 왜 그리 일찍 갔어?"

"네가 가자마자 로버트가 만세를 부르던데. 하하하."

"헤이, 베이비……."

"헤이……."

삼열은 자신에게 말을 거는 선수들에게 일일이 대답을 하기가 귀찮았다.

지금 중요한 것은 이들과 친분을 쌓는 것이 아니라 더 열심히, 그리고 효율적으로 훈련해서 메이저리그에서 성공하는 것이었다.

실력이 증명되어야 그다음에 사람과의 관계도 형성이 되는 것이다. 프로의 세계는 원래 그런 것이다.

조금만 삐끗해도 트레이드, 방출, 계약 파기가 아주 쉽게 일어난다.

만약 수화와 헤어지지 않고 남은 경기를 퍼펙트하게 했었다면, 병이 있다는 것이 드러났어도 레드삭스는 자신을 그렇게 쉽게 트레이드시키지 못했을 것이다.

삼열은 프로의 비정함에 치를 떨며 어떻게 하든 구단과의 관계에서 유리한 고지를 점해야 함을 깨달았다. 그리고 그것을 이룰 수 있는 것은 실력밖에 없다.

"으아아!"

삼열이 크게 소리를 지르자 주위에서 연습하던 선수들이 모두 그를 바라보며 수군거렸다.

"저 자식이 드디어 맛이 갔군. 하긴, 하루 종일 저 짓을 하는데 맛이 안 갈 수 없겠지. 그럼 이제 로버트 차례인가? 키키키."

"이제야 저놈이 인간으로 보이는군."

"괴물도 감정이 있었군."

한참 후에 삼열은 포수인 델만 호스터를 앉혀놓고 공을 던졌다. 한 시간 정도 공을 던지고 서로 구질에 대한 의견을 나눈 후에 그에게 배팅 볼을 던져 주었다. 전력 피칭은 아니지만 다양한 구종이 날아드니 델만은 정신을 못 차렸다.

"그 정도 타격 실력이면 아무리 공을 잘 잡고 투수 리드를 잘해도 주전 포수는 될 수 없겠는걸."

"끙."

삼열이 일부러 델만이 타격하기 편하게 힘을 빼고 던졌지만 그는 제대로 치지 못했다. 그것은 델만이 타격에 재능이 없기도 해서지만 그만큼 삼열의 공이 좋았기 때문이었다.

이 순간 삼열은 자신의 공이 이전보다 한층 묵직해지고 날카로워진 것을 알아차리지 못했다. 한 번 흐트러졌던 투구폼을 새롭게 체크하면서 군더더기가 있었던 기존의 투구폼이 더욱 간결해졌다. 작은 변화였지만 공은 엄청나게 위력적으로 변했다.

투구폼은 최대한 간결해야 한다.

투구폼이 현란할수록 그만큼 부상의 위험이 커진다. 물론 역동적인 투구폼은 때로 강력한 강속구를 가져다주기도 하지만 체력의 소모가 그만큼 심해진다. 그래서 투수들은 가능한 투구폼을 간결하게 하려고 끊임없이 노력한다. 공을 쉽게 던져야 오래 던질 수 있기 때문이다.

삼열은 끊임없이 투구폼을 연구했다. 그의 천재적인 머리가 가장 효율적인 투구를 할 수 있게 하는 데 많은 도움이 되었다.

그리고 요즘은 그동안 소홀하게 여겼던 보양식도 찾아서 먹곤 하였다. 예전부터 고기는 많이 먹었지만 이제는 한약도 챙겨 먹고 비타민과 영양제도 빠짐없이 먹는다. 고기 종류를 많이 먹었기에 채소를 사서 샐러드를 시도 때도 없이 만들어 먹었다. 특히 채소를 멸치와 같이 튀겨서 먹어도 맛이 좋았다.

장어 같은 스태미나 음식도 자주 먹었다. 아직 체계적으로 영양을 챙기지는 않았지만 아직도 성장 중인 신체를 위해서 조심하는 중이었다. 작년부터 성장 속도가 떨어져 이제는 거

의 성장이 멈추었다고 봐도 좋지만 아주 미세하게 계속되고
있었다.

집으로 돌아와 베란다에 서서 밖을 내다보고 있으니 마리
아가 다가오며 말했다.

"오늘 일찍 왔네요?"

"아, 네. 저녁 약속이 있잖아요."

"잊지 않고 있었군요."

마리아가 환하게 웃으며 좋아하는 것이 얼굴에 그대로 나
타났다. 오늘은 수줍은 소녀의 모습이었다.

"아, 오늘 간 일은 잘되었어요?"

아침 일찍 집을 나섰던 그녀를 생각하며 삼열이 물었다.

"잘되었으면 좋겠어요?"

"그야 물론이죠."

삼열의 대답에 마리아의 표정이 더욱 밝아지며 행복한 미
소가 떠올랐다. 순간적으로 삼열도 그 모습에 잠시 머리가 멍
해질 정도였다.

"이제 얼마 안 있으면 크리스마스네요."

"아, 그렇군요."

"그날 뭐 하세요?"

"뭐, 글쎄요. 연습하거나 집에 있겠죠."

"아, 그렇구나!"

"왜요?"

"아, 나도 그날 한가해서요."

마리아는 '우리 그날 같이 보낼까요?'라는 말을 하고 싶었지만 차마 할 수 없었다. 아직 두 사람의 관계가 크리스마스를 같이 보낼 만큼 가깝지 않기 때문이다.

'하지만 어쩌면 가능할지도 모르겠어.'

마리아는 삼열과 크리스마스를 같이 보내는 것을 상상했다. 입가에 저절로 미소가 고였다. 하지만 현실은 차가웠다. 자신을 전혀 여자로 보아주지 않는 그에게 마리아는 섭섭함을 느꼈다.

'천천히 하자. 그는 연습에 빠져 있고 아직 누구를 만날 마음의 여유가 없으니 옆에서 지켜보기만 해도 될 거야.'

마리아는 함께 저녁 식사를 하기 위해 한껏 꾸미면서 신이 났다.

이러는 자신의 모습이 약간은 낯설었지만 좋은 남자를 잡으려면 어쩔 수 없다. 그 남자가 자기를 보고 있으면 진도가 쉽게 나가겠지만 그렇지 않았다. 그래도 포기할 수는 없는 일이다.

두 사람은 이탈리안 레스토랑에서 식사하고 커피를 마셨다. 생각 외로 흔쾌히 저녁 시간을 같이 보내는 삼열을 보며 마리아는 기분이 좋았다.

집으로 돌아와 샤워하고 조금 야한 가운을 입어도 삼열이 반응이 없자 마리아는 자신의 방으로 돌아가 침대에 머리를 박았다.

'설마 고자는 아니겠지? 애인하고도 그 문제로 헤어진… 것은 절대 아닐 거야.'

예전에 은근한 말로 그를 시험해 봤을 때 성적인 부분에서는 굉장한 자신감을 가졌던 삼열의 모습이 떠올랐다. 그러니 그 부분은 아닐 것이다.

'어머, 미쳤어. 내가 무슨 생각을……'

마리아는 한숨을 내쉬었다. 그런 문제라면 자신도 삼열을 포기해야 하기에 절대로 그런 것은 아닐 것으로 생각했다.

"그런데 왜?"

마리아는 다시 머리를 쥐어뜯었다. 그 어떤 남자를 꼬시는 것보다 삼열은 힘이 들었다. 어려서 그런가 싶었지만 그 나이 때에 남자가 성적으로 가장 왕성한 시기라는 것을 기억해 내고는 한숨을 내쉬었다.

그녀는 삼열의 두꺼운 허벅지와 탄탄한 가슴, 그리고 자상함과 성실함으로 사람을 대하는 모습을 생각하고는 다시 주먹을 불끈 쥐었다.

일찍이 이렇게 정복욕구를 불태우게 하는 남자는 처음이었다.

늦도록 잠이 오지 않아 이리 뒤척이고 저리 뒤척이는데 그 늦은 시간까지 삼열은 운동했다.

'저러면 뭐 해? 이렇게 예쁜 여자가 옆에 있어도 덮치지를 않으니. 내가 미쳐!'

삼열은 삼열대로 생각이 복잡했다. 오늘 자신을 대하는 마리아의 태도가 이상했던 것이다.

자기를 좋아하는 것 같기도 하고 아닌 것 같기도 하였다. 하지만 결정적으로 저렇게 아름다운 여자가 자기를 좋아하겠나 생각하니 고민이 한순간에 정리가 끝났다. 그리고 그는 피식 웃으며 운동을 끝내고 잠자리에 들었다.

다음 날 아침, 마리아는 포틀랜드로 돌아갔다. 떠나는 그녀를 배웅해 주며 마음이 조금은 허전해졌다. 든 자리는 몰라도 난 자리는 안다고, 이틀을 한집에서 보낸 마리아가 가고 없으니 왠지 집이 쓸쓸하게 느껴졌다.

"아, 그러게 왜 이렇게 큰 집을 구해서 이 난리야."

삼열은 아무 잘못 없는 샘슨 사에 화를 냈다. 그녀를 사랑하거나 하는 것은 아니지만 그녀가 있어서 정서적으로 도움이 되기는 했다. 그것은 혼자가 아니라는 묘한 안도감 같은 거였다.

인간은 혼자 있으면 외로움과 버림받았다는 상실감을 가지기 쉽다. 마리아가 있을 때는 집에 사람이 있다는 것만으로도 안도했다. 삼열은 떠나간 그녀를 생각하자 잘해주지 못한 것이 조금은 미안했다.

*   *   *

시간이 빠르게 지나갔다. 삼열은 크리스마스를 혼자 보내며 외로움에 사로잡혔다. 항상 아침부터 저녁까지 미친 듯이 연습을 하던 로버트도 크리스마스 3일 전에 자신의 고향인 도미니카 공화국으로 돌아갔다. 연습장에는 아무도 없었다. 삼열도 혼자 텅 빈 연습장에 있기 뭐해서 집으로 일찍 돌아왔다.

이런 날이면 고아라는 것이 아주 슬프다.

행복한 사람들의 표정을 보면 볼수록 삼열은 외로움을 느꼈다. 혼자 저녁을 먹으려고 준비를 하는데 초인종 소리가 들렸다.

딩동.

'누구지?'

문을 열자 마리아가 추운지 손을 입에 대고 호호 불고 있었다.

"아, 마리아."

"추워요. 들어가도 되나요?"

"아, 물론이죠."

마리아는 미소를 지었다. 크리스마스에 혼자 집에 있을 거라고 하더니 정말 혼자였다. 피식 웃음이 났다.

이렇게 꽉 막힌 남자라니, 보통의 남자라면 이런 날은 혼자라도 거리를 헤매며 매력적인 여자를 향해 추파를 던졌을 것이다.

"이것 좀요."

마리아가 바닥에 놓인 짐 꾸러미를 들어 삼열에게 주었다. 사실 친절한 미국 남자들도 여자들이 무거운 짐을 들면 대부분 들어주기는 한다. 하지만 여기에 있는 삼열만큼 자상하지는 못하였다. 평소 삼열은 들어달라고 하기 전에 항상 먼저 배려를 했다.

"이렇게 추운 날 웬일이에요?"

"음, 삼열 씨가 혼자 있을 것 같아서요. 아침에 식구들과 함께 보내고 오후에 바로 비행기 타고 왔어요. 나 잘했죠?"

삼열은 가슴이 뭉클했다. 아직 누구를 사랑하거나 만날 마음의 준비는 되어 있지 않지만 자신을 잊지 않고 찾아와준 것만으로도 충분히 감격스러웠다.

"네, 감동했어요."

삼열의 말에 음식을 식탁에 올려놓던 마리아가 환한 웃음과 함께 행복한 표정을 지었다.

술이 빠진 크리스마스 음식은 맛은 있지만 맹숭맹숭했다. 마리아는 술을 마시지 않는다는 삼열의 말을 기억하고 술을 가져오지 않은 것이 후회되었다. 자기라도 취해 진도를 나가야 하는 날이 바로 오늘 같은 날이었다.

'바보!'

마리아는 센스 없는 자신을 탓했다. 그녀는 이제 자신의 마음을 삼열이 알 것이라고 생각했다. 크리스마스에 찾아왔다는 것은 그를 이성으로 생각한다는 말과 동의어나 마찬가지니까.

자신의 가슴은 콩닥콩닥 뛰는데 상대방은 그렇지 않으니 술이라도 먹고 확 저지르고 싶은데, 상대방이 술에는 손도 안 댄다. 저녁을 먹고 이야기를 나누다가 마리아는 샤워한다고 욕실로 들어갔다. 삼열은 여전히 거실에서 TV를 보며 앉아 있었다.

딸깍.

잠시 후 마리아가 타월로 몸을 가리고 거실로 나왔다. 그런데 그만 삼열의 앞에서 발이 엇갈려 넘어지고 말았다. 삼열이 재빨리 일어나 붙잡아 줬지만 이미 타월이 풀려 마리아의 몸매가 고스란히 드러났다.

물컹한 손의 느낌에 삼열은 깜짝 놀라 마리아를 일으켜 세웠지만 다시 손을 놓고 말았다. 적나라한 알몸을 정면에서 보았기 때문이다. 삼열은 허겁지겁 타월을 주워 마리아의 몸을 감쌌다.

"고마워요, 삼열 씨."

얼굴이 벌게진 삼열과 달리 마리아는 태연했다. 삼열은 허리를 뒤로 급히 뺐다. 그의 남성이 그새를 참지 못하고 성이 나 있었던 것이다.

마리아는 삼열에게 다가가 굿 나잇 인사를 하고는 자신의 방으로 돌아갔다.

'그런데 마리아가 왜 거실로 왔지?'

그는 아직도 성이 나 있는 자신의 물건을 내려다보며 한숨을 내쉬었다.

마리아는 자신의 방으로 돌아가 두 주먹을 불끈 쥐고 작은 소리로 '예스!'를 거듭 외쳤다. 그녀는 자신의 몸을 보고 반응한 그의 그것을 뚜렷하게 보았다.

'역시 고자는 아니었어. 그럼 얼마든지 기다릴 수 있어, 호호호.'

마리아는 오늘 확인할 것은 다 했다. 그의 마음은 아직 준비되어 있지 않지만 몸이 반응했다는 것에 의미를 두며 미소를 지었다.

'반드시 넘어뜨릴 거야.'

이상한 것에 승부욕을 불태우는 마리아였다.

삼열은 어이없게도 끓어오르는 정념을 참지 못하고 침대에서 끙끙거렸다. 그런데 그 대상이 수화가 아닌 마리아였다. 그는 허탈한 표정을 지으며 중얼거렸다.

"젠장, 어떻게 수화 씨 외에 다른 여자를 생각하며 이럴 수 있지?"

그는 스스로 도덕적인 인간이 될 생각은 전혀 없다. 그런 인간과 자신은 생리적으로 맞지 않았다.

공자, 맹자를 떠드는 사람을 보면 속에서 욕지기가 저절로 나오는 그였다.

하지만 그렇다고 헤어진 지 몇 달도 안 되어서 다른 여자를 생각하고 몸이 움직여진 것은 부끄러운 일이었다.

첫사랑은 남자의 가슴 깊이 새겨진다. 화인(火印)처럼. 그리고 자신처럼 주변 상황 때문에 이별하게 되면 더욱 마음이 애틋하고 그리워지는 법이다.

삼열은 주위에 아무도 없던 고등학교 2학년 때 수화를 알고 고3의 나이에 그녀와 사랑을 하게 되었다. 그리고 얼마나 서로를 원했던가. 이 여자하고 끝까지 가야지 하는 결심을 한

두 번 한 것이 아니었는데, 그까짓 아름다운 미국 여자의 몸을 보고 이렇게 격렬하게 반응하는 자신이 싫었다.

"하아~!"

삼열은 나직하게 한숨을 쉬며 눈을 감았다. 그러자 눈부시게 아름다운 마리아의 몸이 다시 떠올랐다. 봉긋하고 탐스러운 가슴, 잘록한 허리, 긴 다리와 유려한 선으로 이어진 아름다운 몸이 생각하지 않으려 해도 자꾸만 떠올랐다.

마음이 뒤흔들렸다. 하지만 그렇게 해서는 안 되었다. 아직 그의 마음은 사랑을 떠나보내지 못하고 있다. 마리아가 정말 좋은 여자라는 것은 알고 있지만 방법이 없다. 삼열은 보수적이면서도 순수했다.

'나는 아직 사랑 따위에 빠질 때가 아니야. 반드시 야구로 성공할 거야. 그리고 누구도 나를 무시하지 못하게 만든 다음에 사랑해도 늦지 않아!'

삼열은 어쩌면 미카엘이 남기고 간 고급 문화의 흔적을 연구하는 편이 더 돈을 많이 벌 수 있지 않을까 하고 생각했다.

하지만 거기에는 야구처럼 가슴을 뛰게 하는 그 무엇이 없었다.

그는 피를 뜨겁게 달구는 승패의 순간이 무엇보다 좋았다. 연구실에서 모든 시간을 보내는 것보다 대중과 함께하는 것이 더 좋았다.

마리아는 크리스마스에 삼열을 쓰러뜨리지는 못했지만 매우 만족하면서 돌아갔다.

심리학 박사인 그녀가 보기에 단지 삼열은 아직 누군가를 사랑할 준비가 되어 있지 않았다. 이럴 때 무리를 해서 접근을 하면 오히려 반발이 커진다.

'기다리기만 하면 삼열 씨가 내 남자가 될 확률이 아주, 매우, 그리고 상당히 높지. 두고 봐. 난 반드시 그를 가질 거야.'

아무도 노리지 않는 삼열을 놓고 마리아는 안달했다. 그리고 그녀의 눈이 얼마나 정확했는지는 얼마 뒤 시즌이 시작되자마자 나타났다.

시카고의 겨울은 깊어지고 추위는 더욱 거세어졌다. 지구온난화의 영향인지는 모르지만 날씨를 예측할 수 없게 되었다. 하지만 대체로 겨울은 더 추워지고 여름은 더 더워진 것은 확실했다.

눈이 내려 연습장을 가지 못했을 때도 삼열은 집에서 연습을 게을리하지 않았다.

적어도 로버트에게는 지고 싶지가 않았다. 자신이 신성석을 가지고 있으면서도 그 괴물 같은 놈에게 진다면 정말 비참해질 것 같았기 때문이다.

＊　　　＊　　　＊

　존스타인 단장은 구단의 사장실에서 보고를 받고는 흐뭇하게 웃었다.

　사실 로버트가 굉장히 성실하고 연습벌레인 것은 알고 있었지만 그의 그러한 노력이 다른 선수들에게까지 영향을 끼치지는 못했었다. 그러나 삼열이 훈련장에 나타나면서 모든 것이 바뀌었다.

　"선수들이 엄청나게 훈련을 하고 있다는 말이죠?"

　"그렇습니다. 베일 카르도 감독도 선수들에게 굉장히 기대하는 눈치입니다."

　"그렇죠. 경쟁과 긴장이 없는 프로는 이미 프로가 아닙니다. 그동안 컵스에는 그것이 부족했어요. 이제 새로운 컵스의 시대가 오고 있는 것입니다. 성실하지 못하고 실력이 없는 선수는 이제 아무리 많은 연봉을 받고 또 유명한 선수라 해도 경기에 나갈 수 없다는 것을 알아야 합니다."

　타격 코치 하마머스가 특별히 구단장이자 사장인 존스타인에게 보고했다.

　"그런데 그 삼열이라는 투수가 그렇게 대단한가요?"

　"말도 마십시오. 누구도 그를 건들지 못합니다."

"그래요?"

"그가 화가 났을 때는 그의 눈을 보고 어지간한 선수들은 근처에 가는 것도 꺼립니다. 사자의 눈빛입니다."

"호오, 그래요?"

"네, 사장님."

하마머스는 긴장한 채 존스타인을 바라보았다. 정식 코치도 아니고 계약직인 그의 입장에서 존스타인은 하늘같이 높은 사람이다.

거의 일용직 고용자에 가까운 그는 사실 싱글A 리그의 타격 코치를 했던 경험밖에 없다. 그래서 그는 지금 존스타인의 눈에 들려고 아주 세밀하게 선수들에 대해서 보고하고 있었다.

"흠, 좋군요. 올해는 정말 달라지겠어요. 수고하셨습니다. 올해부터 당신은 정식 직원으로 근무할 수 있을 것입니다."

하마머스는 존스타인 사장의 말에 놀라 한동안 멍하니 있다가 자신의 실수를 깨닫고 급히 감사 인사를 했다.

"사장님, 감사합니다. 더욱 열심히 하겠습니다."

"지금처럼만 하시면 됩니다. 프런트에 말해 놓을 터이니 다음 달부터 적용될 것입니다."

"감사합니다, 사장님!"

"네, 가보세요."

존스타인은 하마머스가 나가자 홍차를 따라 마셨다. 올해 레리 핀처를 해결하지 않으면 시카고 컵스가 변하지 않을 것이다.

이제 레리 핀처의 나이도 서른일곱, 노장에 속했다.

물론 메이저리그에서 그보다 나이가 많은 선수도 활약하지만 대체로 마흔 전후에 은퇴한다는 것을 생각하면, 이제 그의 실력도 끝물이라고 봐야 한다. 지는 해를 계속 바라보며 마음을 졸일 필요가 없는 것이다.

존스타인은 창밖을 바라보았다. 눈이 비처럼 엄청나게 쏟아지고 있었다. 하염없이 쏟아지는 눈을 보며 그는 올해는 조금 더 팜을 잘 만들어야겠다고 생각했다.

팜 시스템(farm system)은 세인트루이스 카디널스의 브랜치 리키가 처음 만들었다.

유능한 선수가 나오면 양키스와 같은 부자 구단에 언제나 선수를 빼앗겼던 브랜치 리키는 마이너 구단을 사 모아서 유능한 선수들을 훈련시켰다.

그 결과 그는 원하는 선수들을 소속 마이너리그에서 충당할 수 있게 되었다. 1926년, 팜 시스템 덕분에 세인트루이스 카디널스는 월드 시리즈에서 우승할 수 있었다.

존스타인이 레드삭스에서 한 일이 저평가된 실력 있는 선수를 사 모아 팀을 재정비한 것이었다. 일종의 팜 시스템을 잘 이용한 것이라고 할 수 있다.

하지만 그가 사용한 방법은 이제 다른 구단도 사용하고 있다. 더 이상 예전처럼 싼값에 훌륭한 선수를 사 모을 수 없게된 것이다. 그래서 존스타인은 두 명의 유망한 타자를 내주고삼열을 데려왔다.

'그런데 레드삭스가 왜 그를 트레이드한 것일까?'

문득 드는 의문이었다. 이렇게 대단한 투수를 고작 유망주두 명과 바꾸다니 말이다.

더블A 경기에서 세 경기를 잘못 던져서인가? 이해할 수 없었다. 듣기로는 무기력한 경기를 펼쳤지만 그래도 퀄리티 스타트를 했다고 보고를 받았었다.

'어쨌든 무슨 하자가 있었다고 하더라도 이곳에서는 다이아몬드만큼이나 값지게 빛나고 있으니 상관없지.'

존스타인은 폭설로 변한 구장을 보며 문득 따뜻한 커피가마시고 싶어졌다.

삼열은 그 시간 집에서 꼼짝을 못 하고 틀어박혀 연습하고있었다. 샘슨 사가 마련해 준 큼직한 집이 이럴 때는 도움이많이 되었다.

"하하하, 로버트는 놀고 있겠지."

삼열은 막 러닝을 끝내고 숨을 헐떡이며 웃었다.

'나쁜 놈, 내가 연습을 쉬니 만세를 불렀다고?'

삼열은 이럴 때가 기회라고 생각했다. 남들 놀고 있을 때 연습하는 것, 그리고 로버트의 기를 확 죽이는 것은 정말 즐거운 일이다.

삼열은 샤워하고 소파에 앉아 잠시 쉬었다. 그리고 다시 악력 운동을 했다.

완력기로 워밍업하고 다시 철봉에 매달려 세 개의 봉 사이를 검지와 중지 두 손가락의 힘만으로 오르락내리락했다. 이러한 노력 덕분인지 이전보다 공을 던질 때 힘이 덜 들었다.

"파워 업!"

삼열은 두 손을 위로 번쩍 들었다. 가끔 유치한 장난을 자주 하는 편이었다.

삼열은 인기는 꼭 실력에 비례하는 것이 아니라는 것을 알고 있기에 인기를 얻는 방법들을 연구하기 시작했다. 그 시작이 이런 유치한 장난이었다.

'후후, 만약 메이저리그에 가면 아이들은 다 내 팬이 되고 말걸. 그리고 아이들의 부모들도 곧 내 팬이 되겠지.'

삼열은 회심의 미소를 지었다. 그리고 다시 소리를 질렀다.

"파워 업!"

그는 또 유치한 포즈를 취한 후 중얼거렸다.

"그런데 정말 힘이 생기는 듯한 느낌이네."

말에는 힘이 담겨있다. 서로 좋아하는 사이도 말을 하지 않으면 모른다. 사랑한다고 고백을 해야 그 감정이 확인되듯 삼열이 유치하게 '파워 업!'을 외치자 정말 힘이 생기는 것을 느낀 것도 그 때문이다.

말의 힘.

그동안 삼열이 마운드에서 중얼거리는 그런 것들이 아주 소용이 없는 것이 아니었다.

'마운드의 제왕' 어쩌고를 하면 정말 강렬한 투지가 생겼었으니까 말이다.

이는 말의 힘이다.

삼열은 집에서 눈이 녹기 전까지 죽으라 하고 연습을 했다. 그리고 훈련이 끝난 뒤에는 언제나 환하게 웃었다.

6. 스프링 캠프

눈이 녹고 거리에 사람들이 많아질 무렵 삼열은 다시 연습
장에 가서 훈련을 시작했다. 여전히 연습장은 선수들로 붐볐
다. 처음에는 후보 선수들만 있었는데 하나둘 주전 선수들이
참가하기 시작하더니 1월이 되자 주전의 반 이상이 훈련에 참
여하였다.

작년에 지구 꼴찌를 기록했던 주전들이 후보 선수들의 연
습 소식을 듣고 발등에 불이 떨어져 부랴부랴 훈련에 동참한
것이었다.

주전들이 참가하게 되자 구단은 코칭스태프를 보강하기 시

작했다. 휴가와 개인 사정으로 참가하지 못한 코치들을 제외하고 타격 코치와 피칭 코치가 매일 한 명씩 훈련하는 선수들을 보살폈다.

그들은 처음에는 주전을 위주로 봐주다가 점차 후보 선수 중 한둘 정도도 간혹 시간을 내어 지도해 주었다. 1급 코칭스태프 외에도 몇 명의 코치들이 나와서 도와주었지만, 시즌이 시작되었을 때와 비교하면 상당히 적은 숫자였다.

이것도 사실 구단의 배려였다. 훈련에 온 힘을 다 하고 있는 선수들의 열기에 구단 상층부가 움직였기에 가능한 것이지, 개인적 성향이 강한 미국인의 특성상 이렇게 스토브 리그에 나와 선수들을 지도해 주는 것은 생각하기 힘든 일이었다.

"호, 자네가 이번에 새로 트레이드되어 온 그 선수인가?"

"그런데요."

투수 코치 샘 잭슨의 말에 삼열이 시큰둥하게 대답했다. 며칠 전부터 코치랍시고 와서 주전 선수만 봐주는 것이 눈꼴사나웠던 것이다.

"나는 샘 잭슨이야. 컵스의 피칭 코치네."

"알고 있어요."

"커험, 내가 자네를 좀 봐줘도 되겠나?"

"뭐, 그렇게 하든지요."

삼열의 미지근한 반응에도 샘 잭슨은 웃으며 그를 대했다. 그도 그럴 것이 그의 나이는 이제 거의 예순이 다되어간다. 그러니 할아버지가 손자를 보듯 느긋하게 선수들을 대하는 것이다.

샘 잭슨은 말없이 삼열의 투구를 지켜보며 연신 고개를 끄덕였다.

"자네는 손가락의 악력이 보통 사람보다 훨씬 강하군. 특별한 훈련이라도 했나?"

삼열은 그제야 이 할아버지 샘 존슨을 다른 눈으로 보았다. 투구만 보고서도 자신의 상태를 정확히 짚어내는 것이 신기했다.

손가락의 힘이 강하거나 기형적으로 중지가 길어서 공에 스핀이 강하게 걸리는 특이 체형이 없는 것은 아니었다.

예를 들면 놀란 라이언은 강속구 투수지만 커브를 던질 때 다른 선수들처럼 팔목을 심하게 비틀지 않았는데, 이것은 그가 투수로서 롱런할 수 있도록 해준 요소 중 하나가 되었다.

대신 그는 손가락 물집에 항상 고통을 당했다. 팔목을 비틀지 않고 공에 회전을 주기 위해선 손가락이나 손목의 힘을 이용해야 했기 때문이다.

샘 잭슨은 근처에서 다른 투수를 지도하고 있던 코치에게 잠시 이야기를 하고 돌아왔다. 그리고 조금 뒤 직원들이 삼열의 앞과 옆에 카메라를 설치하기 시작했다.

"뭡니까?"

"별거 아니네. 다른 선수들도 다 한 번씩은 해봤던 거니 신경 쓰지 말게."

"쩝."

삼열은 설치된 카메라 장비를 보고 혀를 내둘렀다. 딱 봐도 가격도 가격이지만 성능이 장난 아니게 보이는 장비였다.

'고속 카메라인가 보네.'

삼열은 샘 잭슨이 요구하는 대로 공을 던졌다. 얼마 뒤 샘 잭슨은 촬영을 마치고는 웃으며 연습장을 나갔다.

"싱겁긴."

와서 한 일이라고는 자신이 투구하는 모습을 카메라로 촬영한 것뿐, 그가 가타부타 말도 없이 사라지자 삼열이 투덜거렸다.

"쳇, 말이나 말든가."

보나마나 샘 잭슨은 비디오 분석을 한 뒤 어쩌고저쩌고 말을 할 것이다.

삼열은 요즘 은근히 훈련이 지겨워지고 있었다. 이 정도로 버티고 있는 것은 그래도 로버트가 아직도 죽어라 배트를 휘두르고 있었기 때문이다.

'하아… 저놈은 정말 존경스럽네!'

멀찍이 타자들 사이에서 배트를 휘두르고 있는 로버트의 모습이 유난히 크게 보였다.

늦은 오후가 되어서 샘 잭슨 코치가 연습하고 있던 삼열을 불렀다.

연습장 입구에 있는 작은 책상에서 샘 잭슨은 노트북을 꺼내 아까 촬영한 영상을 틀어주었다. 영상은 어느새 깔끔하게 편집이 되어 있었다.

"자, 보게. 자네의 투구폼이네. 여기가 약간 어색하지만 전체적으로 아주 간결하고 부드럽네. 적어도 투구폼 때문에 부상을 입거나 하지는 않을 거야. 이런 간결한 투구 동작으로도 97마일의 구속이 나오는 것은 자네의 손목 덕분이지. 굉장히 손목의 힘이 좋다고 할 수 있네. 자, 손목이 이렇게 꺾이니 공이 이렇게 날아가는 거야."

샘 잭슨이 손목을 꺾는 방향에 따라 카메라의 앵글이 잡혔다. 그리고 공이 날아가는 궤적이 실선으로 표시되어 나타났다.

"굉장하군요."

"그래, 굉장한 장비지."

샘 잭슨은 삼열이 말하는 바를 정확히 짚어 이야기했다. 카메라가 공이 휘어지는 거리와 속도까지 정확하게 잡아냈던 것이다.

"완벽한 선수는 없어. 자, 자네의 잘못이 뭔지 알겠는가?"

"……?"

"손목을 꺾는 시점과 손가락으로 공에 힘을 주는 타이밍이 엇나가고 있네. 즉, 힘이 한 방향으로 나가지 못하고 흩어진다는 거야."

샘 잭슨의 설명에 삼열은 고개를 끄덕였다. 그가 설명하지 않았어도 영상만 보고 삼열도 알았다.

"이 장비의 가격을 알면 그렇게 신기하지 않을 걸세. 일단 기본적인 자네의 버릇을 찾는 것과 그 잘못을 고치는 작업을 하면 자네는 놀란 라이언보다 더 빠른 공을 던지게 될 것일세."

"정말요?"

"물론이지."

"하하."

샘 잭슨은 순진하게 웃는 삼열을 보며 미소를 지었다. 사실 그는 마이너리그에서 대부분을 지내다가 메이저리그를 한 시즌밖에 보내지 못했지만, 투수의 투구에 대해서는 누구보다 해박한 지식을 가지고 있었다.

그는 작년에는 이탈리아에서 결혼한 딸이 아팠고, 딸이 나을 즈음에는 손녀가 또 아파 거의 시즌 내내 메이저리그에서 보내지 못했다. 그는 이탈리아에서 메이저리그 소식을 들으며 마음이 무거웠다.

물론 자신이 구단에 남아 있다고 특별히 달라질 것은 없다. 시즌 중에 코치진이 할 수 있는 것은 선수들의 체력 안배와 사소한 투구폼 교정뿐이다. 시즌 중에 대대적으로 투구폼을 교정하는 것은 굉장히 위험한 일이니까.

"자, 삼열."

"넵, 코치님. 말씀하세요."

아까의 시큰둥한 표정은 어느새 사라지고 삼열은 눈을 반짝이며 샘 잭슨을 바라보았다.

"놀란 라이언이 되고 싶나?"

"아뇨."

"어, 싫은가?"

"그의 공은 가지고 싶지만 좀 더 현명한 투수가 되고 싶습니다."

"허허허, 그렇지. 타자들의 타격 메커니즘이 해가 지날수록 좋아지고 있으니 예전처럼 상대를 윽박지르는 공은 쉽지가 않아. 하지만 관중들은 삼진을 잡아내는 투수를 좋아한다네."

"전 다른 모습으로 절 좋아하게 만들 겁니다."

"뭐, 어쨌든 자네가 그렇게 생각한다니 매우 훌륭한 생각이네. 그래, 나에게 좀 배워볼 텐가?"

"당연하죠."

어떻게 보면 얍삽해 보이는 삼열의 행동에도 샘 잭슨이 빙 긋 웃을 뿐이었다.

삼열은 새로운 세계에 눈을 떴다. 이전에는 단순하게 감으로 공을 던졌다면, 샘 잭슨과의 훈련은 '야구는 과학이다'라는 것을 알게 해준 일대 사건이었다.

인간은 자신의 사소한 실수를 발견해 내기가 굉장히 어렵다. 또한 그것을 주위에서 발견하고 충고를 해주어도 인정하기가 쉽지 않은 법이다. 하지만 과학적 접근 방법은 전혀 다르다.

명확하게 화면에 보이니 부정을 할 수 없고 공의 궤적이 뻔히 보이는데 다른 말을 할 수는 없다.

"자네 몸이 머리의 반의반만큼이라도 따라갔다면, 내 장담하건대 세계 최고의 선수가 될 것이네. 메이저리그가 생긴 이래 가장 뛰어난 선수 말일세. 어쩜 몸이 그리 둔한가."

"아씨, 그건 제 머리가 너무 좋아서 그런 것이지, 몸치는 아니거든요."

"허허허, 그렇다고 치지."

샘 잭슨은 이 어린 선수와 말싸움을 하고 싶은 마음이 전혀 없었다. 하지만 너무나 뛰어난 머리에 비해 몸은 정말 평범했다.

'이런 몸이니 그 머리를 가지고도 죽어라 연습을 했겠지, 쯧쯧.'

그의 생각처럼 삼열은 몸이 가지는 핸디캡을 죽을 만큼 열심히 연습함으로써 메워왔다. 그리고 이제는 그 누구보다도 더 뛰어난 투수가 되어가고 있다. 샘 잭슨이 다른 투수들을 제쳐 놓고 며칠이나 오직 삼열에게 집중하는 것만 봐도 그가 얼마나 삼열을 중요하게 여기는지 알 수 있다.

샘 잭슨은 삼열을 가르치는 것이 그다지 어렵지는 않았다. 다른 선수들은 말을 이해하지 못하는 경우가 종종 있었는데 삼열은 자신이 말하는 것을 금방 이해하고 실천하였다.

그런데 문제는 그의 운동신경이 그다지 뛰어나지 못하다는 점이다. 어떤 부분에서는 굉장한 운동신경을 가졌는데 다른 부분에는 맹탕이었다.

샘 잭슨은 한참 후에야 그 이유를 깨달았다. 운동신경이 경이로울 정도로 뛰어난 부분은 그가 엄청난 훈련을 한 부분뿐이었다.

'하여튼 어린 친구지만 존경스러운 부분이 많군.'

샘 잭슨은 다소 까불고 성격이 모난 삼열이 야구는 진지하게 대하는 자세에 깊은 감명을 받았다.

삼열은 손목의 힘과 손가락의 힘을 이용하는 방법을 정교하게 연구하기 시작하자 공이 한동안 들쭉날쭉해져 당황스러

윘다. 그러나 특유의 끈기로 이겨내었다.

그리고 점점 손목의 힘과 손가락의 힘을 정교하게 통제하게 되자 놀라운 일이 생겼다.

공의 회전 속도가 빨라지면서 커브의 각이 더욱 예리해진 것이다. 그리고 컷 패스트볼의 경우는 위에서 아래로 내려가는 낙차 폭과 옆으로 휘어지는 것이 더욱 늘어났다.

아직까지 마리아노 리베라만큼은 아니지만 거의 육박할 정도에는 이르렀다. 물론 경험 면이나 경기 운영 능력에서는 비교도 안 되겠지만, 어쨌든 삼열로서는 경이로운 경험이었다.

삼열에게 샘 잭슨은 은인이나 마찬가지였다. 손목과 손가락의 스냅을 일치시키자 공을 더 쉽고 수월하게 던질 수 있게 된 것이다.

샘 잭슨은 삼열을 보며 고개를 끄덕였다. 그도 이 방법으로 많은 투수를 가르쳤지만 그 누구도 삼열만큼 노력하는 사람은 없었다. 한마디로 괴물이었다.

인간은 어떨 때는 아주 사소한 것을 고치기가 매우 어렵다. 몸과 머리가 인지하지 못하기 때문이다. 하지만 삼열은 어떤 방법을 사용했는지 한참 후에 보면 잘못된 부분이 완벽하게 고쳐져 있었다. 정말 기이한 녀석이었다.

삼열은 하루하루가 새로웠다.

다른 코치들과는 비교도 안 되는 실력을 가진 샘 잭슨 코치였다.

나중에 안 일이지만 샘 잭슨은 피칭 코치로는 굉장히 유명한 사람이었다. 비록 선수로서는 그저 그런 시절을 보냈지만 코치로는 거의 최고의 대우를 받고 있다.

그는 작년에 리그가 한창일 때 가족 문제로 떨어져 있었기 때문에 구단에 미안한 마음을 가지고 있다고 한다. 그래서 이번에 스토브 리그에서 연습하는 선수들을 지도하는 일에 일찍 합류했다.

"생각보다 빨리 익혔군."

"다 코치님이 잘 지도해 주신 덕분입니다."

삼열은 샘 잭슨 코치 앞에서 존경한다는 눈빛을 마구 보냈다.

"커험, 그렇게 열정적인 눈빛을 보내지 않아도 다 가르쳐줄 테니 그만 좀 보게. 아, 진짜 한 대 패고 싶게 만드는 눈이야."

"헤헤, 다 제자의 학구열이라고 봐주시면 고맙겠습니다."

"커험, 커험. 그러면 다음 단계로 넘어가지."

말과는 달리 샘 잭슨은 이제 삼열을 지도하는 것을 마치고 주전 선수들을 보기 위해 자리를 옮기려고 하면 삼열이 마구 하트를 눈에서 발사해서 발을 묶어두곤 했다.

'내가 조금만 더 어렸어도 남들이 오해하겠군. 커험.'

샘 잭슨은 유별나게 비위가 좋은 삼열을 보고 고개를 설레설레 흔들었다.

삼열로서는 이런 체계적인 가르침은 처음이었다. 그러니 한 시간이라도 더 배우려고 난리를 치는 것이다.

"파워 업!"

"응, 그건 뭐 하는 건가?"

"아, 네. 이건 신비한 주문입니다. 외치면 힘이 생깁니다."

"그게 자네가 말한 인기의 비결인가?"

"어? 어떻게 알았어요?"

"내가 이 바닥에서 야구밥을 먹은 지가 40년이 다 되어가는데, 쩍하면 짝이네. 그 폼은 좀 멋이 없네. 다른 걸로 연구해 보게."

"아, 그런가요? 어쩐지 파워 업을 외쳐도 힘이 조금밖에 안 생기더군요."

삼열의 말에 샘 잭슨이 웃음을 터뜨렸다. 그때였다.

"샘 코치님, 저 녀석이랑은 그만 노시고 저도 좀 봐주세요."

"어, 왜 이제야 왔어요? 역시 주전은 여유가 있구나."

"오, 꼬맹이. 갓 댐!"

라이언 호크가 삼열을 보고 갑자기 욕을 했다.

"도발하는 건가요?"

"그건… 아니다."

라이언 호크도 연습장에 나오면서 삼열의 소문을 들었다. 트레이드되어서 존스타인 단장의 방에서 보았던 그 어린 선수가 컵스의 분위기를 바꿔 버렸다는 것이다. 그리고 아무도 그를 못 건드린다는 말도 친절하게 전해 들었다.

삼열은 아무도 무서워하지 않았다. 자신은 체력이 좋아 하루 종일 싸울 수 있으니 한번 해보고 싶은 사람은 도전하라고 했을 때 아무도 나서지 못했다. 오직 로버트만이 한번 해볼까 하다가 '나 뒤끝 무지하게 있다'는 삼열의 말을 듣고 바로 꼬리를 내렸다.

인간 로봇인 로버트가 꼬리를 말자 아무도 그에게 덤벼들지 못했다. 싸움의 실력을 떠나서 체력에서 밀리니 엄두가 나지 않았던 것이다. 그리고 원래 꼴통은 항상 열외 취급을 하는 법이다.

만약 자신이 있어 싸웠는데 주먹으로 상대방에게 카운터펀치를 날리지 못하면 그다음부터는 무시무시한 체력을 앞세워 매타작할 것이 뻔했다.

광기의 눈빛이 순간순간 번뜩이는 것을 보고 후보들은 물론 주전까지 삼열에게 꼬리를 말았다.

무서워서 피하냐, 더러워서 피한다는 식이었지만 어쨌든 삼열은 이제 컵스에서 주먹으로는 누구도 무시할 수 없는 사람이 되었다.

삼열은 문득 어깨와 몸, 그리고 어깨와 손목의 동작이 일치하는지도 궁금해서 샘 잭슨에게 물어보았다.

"하하, 그거는 교정하기도 힘들 뿐만 아니라 시간이 더 많이 걸릴 걸세. 올해는 힘들 터이니 하던 거나 완벽하게 자네의 것으로 만들어 놓도록 하게."

"아, 네."

삼열은 촬영한 영상을 카피하여 집에 가져가서 TV와 연결해서 보았다. 50인치의 대화면으로 보니 투구 동작이 보다 선명하게 잘 보였다.

'이 부분이 잘 안 되는 곳이군.'

투구 동작 중에서 미세하지만 부자연스러운 부분을 찾아 그곳을 고쳐 보려고 노력했다. 그렇게 시간을 보내다 보니 마침내 기다리던 스프링 캠프가 시작되었다.

플로리다에서 스프링 캠프가 펼쳐지는데, 포수와 투수는 일주일 전에 입소해야 해서 삼열은 델만 호스터 포수와 라이언 호크, 메튜 뉴먼 투수와 같이 비행기를 탔다. 물론 나머지 투수도 참석할 것이다. 열한 명의 내야진과 외야진은 일주일 후에 올 것이다.

스프링 캠프에는 메이저리그 로스트에 든 선수뿐만 아니라 마이너리그에 있는 선수를 초청 선수(Non-Roster invitees) 자격으로 불러 60~70명의 선수가 한꺼번에 훈련을 받게 된다.

이때 감독은 주전 선수들의 훈련 결과는 거의 신경 쓰지 않고 유망주 위주로 선수들의 상태를 체크한다. 대부분의 선수들은 각자 알아서 훈련을 해오기에 오전에만 단체 훈련을 한다.

숙소에 도착한 삼열은 짐을 풀고 샤워를 먼저 했다. 추운 시카고에 있다가 따뜻한 플로리다에 오니 날씨가 너무나 좋았다. 따뜻하고 신선한 바람을 맞으며 밖으로 나와 보니 몇몇 선수들이 모여 이야기를 주고받고 있었다.

"하이, 삼열."

데이브 콜맨이 삼열을 보고 손을 흔들었다. 비행기에서 내리면서 잠시 인사를 했는데 아는 체를 하는 것이다.

"인사해, 여기 코리안."

"어?"

삼열은 투수들 사이에서 동양인 한 명을 보았다.

이영은 투수로, 신일고 시절 140대 후반의 강속구를 던진 선수였다.

약 80만 달러로 컵스와 계약을 해 루키 리그와 싱글A 리그에서 뛰다가 팔꿈치 수술을 받아 한동안 고생했고 작년에 더블A에서 뛰었는데 성적이 괜찮은 편이었다.

시카고 컵스에는 유독 한국인 선수가 많은데, 이는 코치 겸

스카우터인 한국인 성민영 씨가 쓸 만한 유망주를 싹쓸이해 가서 그런 것이었다.

"어, 이영은 형이네."

"아, 네가 삼열이구나. 반가워. 재영이에게 네 이야기 들었었어. 컵스에 네가 트레이드되어 왔다고."

"아, 네. 재영이 형은 이번에 안 오나요?"

"일주일 후에 야수들하고 같이 올 거야."

"그렇군요."

"그런데 너는 어떻게 된 거야? 내가 듣기로는 양키스도 너를 원했던 것 같았는데 네가 레드삭스를 선택한 거라며."

"네, 그렇죠. 그러니 복수를 해야죠."

"흐음, 네 소문은 테네시 스모키즈에도 들리던데? 하하, 너 유명해졌어."

"뭐, 그냥 약하게 보이면 고생한다는 말을 들어서 눈에 힘 좀 줬죠."

"하여튼 반갑다."

이영은은 삼열을 부러운 눈으로 바라보았다. 들리는 소문에 의하면 올해 삼열은 메이저리그로 곧장 직행할 거라는 말이 많았다. 반면 그는 벌써 4년째 마이너리그에서 경험을 쌓고 있었다.

"영은이 형."

"응?"

"파워 업, 하고 외치세요."

"파워 업?"

"제가 보여드릴게요. 파워~ 업!"

삼열이 웃긴 동작과 함께 외치자 주위에 있던 선수들이 보고 웃었다. 이영은은 무안해 얼굴이 붉어졌으나 삼열은 눈 하나 깜빡하지 않았다.

"뭐, 하나 정도는 자신만의 주문을 만드세요. 이 주문은 아랫도리가 강화되는 기능도 있어요."

"뭐어?"

"그러니까 삼진을 먹이는 주문, 여자가 나에게 반하는 주문, 뭐 이런 것을 만드는 거죠."

"그건 좀……."

"싫으면 안 하셔도 돼요."

"그래, 그건 좀……."

첫날이라 훈련은 없었고 모여서 이야기를 하거나 코치진의 간단한 주의 사항을 듣는 것으로 하루가 지나갔다.

아침에 모여 훈련을 함께하고 점심을 먹은 뒤 자율 시간이 주어지자 삼열은 어안이 벙벙했다.

너무 분위기가 자유로웠던 것이다. 일부 선수들은 연습하고 나머지는 쉬거나 산책을 했다.

연습광인 삼열이 볼 때는 어이없는 일이었지만 컵스뿐만 아니라 대부분의 스프링 캠프가 이렇다고 하니 그런가 보다 할 뿐이었다.

"파워 업! 오, 예. 역시 단단해지는 느낌이네."

삼열은 두 손을 머리 위에서 아래로 내리면서 외쳤는데 그다지 폼은 나지 않았다. 멋있는 포즈는 절대 아니다.

삼열은 숙소를 돌아다니며 파워 업을 외쳤다. 그러자 어떤 사람은 그런 삼열을 보고 고개를 갸우뚱했다. 그러면서도 들은 게 있는지 삼열에게 자극적인 도발은 해오지 않았다.

역시 소문은 좋게 나는 것보다 조금 이상하게 나야 몸이 편해진다.

삼열은 괴짜에다 괴물이라고 소문이 났기에 그가 뭘 해도 사람들이 시비를 걸지 않았다.

＊　　　＊　　　＊

3일째 되는 날, 사람들은 삼열의 무지막지한 운동량을 보고 모두 다 고개를 절레절레 흔들었다.

아침 훈련이 끝나자마자 러닝을 엄청난 속도로 한 시간을 하고 나더니 그때부터 온갖 종류의 운동을 하기 시작했다. 몸을 풀어주는 스트레칭은 물론 요가와 투구 연습을 쉬지 않고 계속했다.

"와우, 그레이트! 저러니 맛이 안 가고 배겨?"

오후 다섯 시까지는 선수들이 가끔 삼열이 연습하는 것을 구경하러 왔으나 그 이후로는 포기하고 각자 자기들이 필요한 연습을 하거나 쉬곤 했다.

삼열은 가장 먼저 포수와 손을 맞췄다. 세 명의 포수와 모두 연습을 하고 나니 일주일간의 합숙 훈련이 끝난 것이나 마찬가지였다.

순식간에 일주일이 지나고 나머지 선수들이 도착하자 숙소는 완전 시장 바닥처럼 되었다. 코치진도 수십 명에 선수도 68명이나 되었다.

스프링 캠프 기간에 관객이 찾아오면 선수들은, 한가한 편이기에 기꺼이 팬들에게 사인해 준다. 그래서 극성맞은 팬들이 일부러 스프링 캠프를 찾는 경우가 있었다.

삼열은 아이들에게 사인을 해주는 선수들을 보며 회심의 미소를 지었다.

'난 찾아가는 서비스를 해야지.'

삼열은 천천히 아이들에게 다가갔다.

"하이. 애들아, 안녕."

"형아는 누구야?"

"나는 삼열 강이야. 투수지."

"투수요? 와! 그럼 사인해 주실 수 있어요?"

"그럼, 이 형은 시간도 한가하고 또 아이들에게는 친절하단다. 지금은 볼품없는 사인이지만 버리지 않고 간직한다면 최소한 천 달러 이상은 갈 거야. 왜냐하면 이 공이 내가 두 번째 사인을 한 것이거든."

"와우, 정말요?"

"5년 후에 천 달러가 되지 않으면 형에게 찾아오렴. 내가 천 달러를 주마."

"와우, 저도 해줘요."

"오빠, 저도 사인."

아이들이 갑자기 삼열에게 몰렸다. 그 모습을 보고 어른들과 선수들은 고개를 갸웃거렸다.

"와! 정말 천 달러다."

"어디, 어디. 형, 왜 나는 사인 안 해줘요?"

"멋있는 형이라고 해야 해주지."

"완전 멋있는 형, 나도 사인 저렇게 해줘요."

삼열이 사인한 사인지에는 마지막에 이렇게 쓰여 있었다.

플로리다에서 일곱 번째 사인. 5년 후에 천 달러의 가치가 없으면 내가 천 달러에 구입함. 삼열 강.

아이들이 가져온 사인지를 보고 부모들은 껄껄껄 웃었다. 삼열은 사인이 끝나자 아이들을 불러 모아서 함께 외치게 했다.

"자, 오늘 천 달러를 번 날에 이 잘생긴 투수가 외치면 따라서 해주기 바란다. 참고로 천 달러는 반드시 받을 수 있단다. 왜냐하면 내가 계약금으로 받은 돈이 220만 달러인데 아직 한 푼도 안 썼거든."

"정말요?"

"와, 대단해요."

갈색 머리의 여자아이가 삼열을 보며 놀라는 모습을 보였다.

이름도 모르는 투수가 천 달러를 나중에 바꿔준다는 사인을 받고서 긴가민가했다. 다른 아이들이 받으니 자신도 그냥 받았다. 그런데 220만 달러의 계약금을 받은 선수라 하니 뭔가 달라 보였던 것이다.

"자, 그러니 너희가 외치는 이 함성은 천 달러짜리란다. 대단하지? 자, 그러니 행복한 표정으로 외친다. 파워 업!"

"……!"

몇 명만이 외쳤을 뿐이었다. 아이들도 삼열의 망측한 포즈에 엄두가 나지 않았던 것이다.

"하하하, 원래 내가 좀 몸치거든. 이번에 안 하면 사인 다시 돌려받을 거다."

삼열이 말하자 아이들은 사인지를 모두 뒤로 숨겼다.

"자, 자신이 할 수 있는 가장 멋지고 예쁜 포즈로, 파워 업!"

"파워 업!"

"다시 한 번 행복한 표정으로, 파워 업!"

"파워 업!"

"그레이트! 매우 잘했다. 다음에도 내가 선발로 나가는 경기에 찾아오면 행복한 표정으로 외치는 거야. 다시 한 번 파워 업!"

"파워 업!"

처음에는 낯설어하던 아이들도 몇 번 해보더니 깔깔거리며 따라 했다. 처음이 어렵지, 두 번째부터는 쉬운 법이다.

다음 날에도 삼열은 천 달러의 사인을 아이들에게 남발하며 그 망측한 파워 업을 강요했다. 일주일이 안 돼 삼열이 지나가면 아이들이 파워 업을 외쳤고 간혹 어른들도 따라 했다.

그리고 결국 지역 신문에 이 별난 투수에 대한 기사가 실렸다. '파워 업 삼열 강 투수, 천 달러 사인을 아이들에게 선물하다'라는 내용의 짧은 기사였다.

스프링 캠프에서 실시되는 등판은 처음에 3이닝씩 두 번 등판하고는 더 이상 기회가 주어지지 않았다. 이때 삼열은 모처럼 주어지는 기회인 것을 눈치채고 전력 투구에 가깝게 던졌다.

결과는 퍼펙트하게 끝났다. 한 타자도 진루시키지 않고 모두 합쳐 15k를 뽑아내니 모두 할 말을 잃었다.

저런 괴물이 어디서 툭 튀어나왔나 하는 반응이었다. 그러면서도 대부분의 선수들은 좋아했다.

내, 외야진은 물론 불펜 투수진까지 삼열에게 은근히 기대하였다. 삼열의 등장으로 긴장하는 선수들은 선발 투수들뿐이었다.

삼열은 경기가 없는 날엔 돌아다니면서 그 민망한 포즈를 하곤 했다.

"파워 업!"

삼열이 하니 선수들조차 몇 명은 장난 삼아 따라 했다. 삼열이 파워 업을 외치며 다니는 것은 효과도 있을뿐더러—정말 외치면 아주 잠시지만 힘이 솟는 느낌이 들었다—사실 민망한 포즈를 고쳐 보려는 심산이었다.

그에게 주어진 시간을 훈련으로 보내고 있기에 멋진 포즈를 연구할 시간이 없었다.

"헤이, 파워 업 맨."

"……?"

"너 이번에 마지막 경기에서 선발로 등판하던데? 축하해."

"오잉? 그래……? 음하하하, 알려줘서 고마워. 나도 확인을 해봐야지."

삼열이 코치진에 달려가서 알아보니 정말이었다.

삼열은 3일 후에 피츠버그 파이어리츠와의 경기에 선발로 출전해 3~4이닝을 던지게 될 것이라는 말을 듣자 입가에 미소를 지었다.

시범 경기 막판에 등판한다는 것은 메이저리그에 올라갈 가능성이 크다는 이야기나 마찬가지였다.

샘 잭슨 투수 코치가 며칠 전에 삼열에게 언질을 주긴 했다. 컵스는 스토브 리그에 몇몇 선수가 트레이드되어 왔지만 그다지 신통치 않았다.

괜찮은 선수들이 FA 선수로 나오면 돈 많은 구단이 앞에서 모두 채갔다.

시카고 컵스가 베팅할 수 있는 여력이 별로 없었다. 또 먹튀 고액 연봉자를 처리하지 않고서는 뛰어난 FA선수 영입은 요원한 일이었다.

존스타인 단장이 할 수 있는 일은 마이너리그 유망주를 사모으는 것이었다. 그리고 존스타인은 이런 유망주에게 과감하게 기회를 주기로 했다. 이미 작년에 포스트 시즌에 진출하지 못하게 되고 나서부터 시도를 한 경험도 있었다.

"나만의 파워~ 업!"

삼열은 신이 나 연습장으로 뛰어갔다. 이제 더 할 것도 없었다. 그는 최근에 배운 것들을 복습하고 또 복습했다.

그 모습을 보고 샘 잭슨 코치와 다른 선수들도 고개를 흔들었다.

연습광, 괴물, 외계인, 파워 업 맨이 삼열의 별명이다. 파워 업 맨을 빼고 나머지 세 개는 모두 연습을 너무 열심히 해서 생긴 별명이다.

저 멀리 로버트가 나오자 삼열이 달려갔다.

"하이, 로버트."

"어, 오늘은 웬일로 네가 먼저 아는 체를 다 해? 이 인종 차별주의자야."

"아하하하, 넌 그래도 백인이 아니니 괜찮아."

"백인 중에서도 너를 옐로우라고 놀리는 애들은 없던데?"

"있어. 속으로 하거든. 말을 안 해서 그렇지."

"헐~!"

삼열은 가끔 백인을 보고 '야, 이 백인 자식아' 하고 놀릴 때가 있었다. 그러면 모두 삼열의 말에 어이없어 하다가 웃고 말았다.

백인을 인종 차별하다니 당하는 입장에서도 나름 신선했나 보다. 당한 선수 중에 삼열에게 따진 사람은 없었다.

"나 파이어리츠와의 경기에 나간다."

"정말?"

"응, 멋지지? 그러니까 따라 해봐. 파워 업!"

"파워 업!"

"그래, 그걸 매일같이 하면 너도 금방 주전이 될 수 있을 거야."

"됐거든. 나도 그 경기에 나가거든."

"그래? 그러면 안 되는데."

"왜 안 되는데?"

"내가 약을 못 올릴 거 아냐?"

"야, 이 미친놈아. 네가 약 올리기 위해 내가 마이너리그로 다시 내려가야겠냐? 내가 너보다 먼저 메이저리그 올라왔거든."

"그렇군. 아무튼 파워 업은 매일같이 해."

삼열은 말을 하면서도 파워 업 자세를 취해 로버트로 하여금 눈살을 찌푸리게 하였다. 하지만 삼열은 아랑곳하지 않았다.

여기서 창피해 그만두면 더 쪽팔려진다는 것을 잘 알고 있었다. 이쯤 왔으면 일관성 있게 밀고 나간 후에 다음 프로젝트에서 멋진 포즈를 연구해야 한다.

시간이 지나면서 메이저리그에 잔류하는 선수들이 어느 정도 결정이 되어가는 것 같았다. 하재영과 이영은은 다시 마이너리그로 내려가는 분위기였다.

삼열은 한국인에 대한 애틋한 감정이 있는 것도 아니어서 그들이 다시 마이너리그로 내려간다 해도 특별히 아쉽지 않았다.

사랑하는 가족이라도 한국에 남아 있다면 몰라도 연애도 깨진 마당에 한국에 더 이상의 미련은 없었다.

대광고에서 야구를 하면서 추억이 좀 만들어지기는 했다. 함께 주말 리그를 뛰고 같이 기뻐했던 순간들, 팬이라고 찾아와 얼굴을 붉히며 선물을 주고 돌아갔던 소녀들. 그 순간들이 그리웠다.

삼열은 고개를 힘차게 흔들어 잡념을 털어버렸다. 이제 경기에 집중할 때였다.

경기에 출전하는 당일 아침에 비가 조금 내렸지만 삼열은 신경 쓰지 않았다. 그의 컨디션은 더 말할 나위 없을 만큼 최고였다.

이날은 한 시간 일찍 가서 몸을 풀고 있는데 관객이 들어오기 시작했다. 모두 유명한 선수들에게 사인을 받으려고 했지만 가끔 삼열을 알아보고 사인을 요청하는 사람도 있었다. 삼열은 이번에도 찾아가는 서비스를 했다.

"하이!"

"형도 선수예요?"

"그럼, 오늘 선발로 공을 던질 멋진 형이란다."

"그다지 멋져 보이지는 않는데……."

"험험, 넌 그렇게 심한 말을 아무렇지도 않게 하는 용기를 가졌구나. 특별히 넌 사인을 안 해주겠다."

"쳇, 나도 안 받아요."

"바보, 저 오빠가 그 유명한 파워 업 맨이야. 난 받을래. 천 달러를 버리다니."

"엇, 형이 그 엄청나게 잘생기고 유명한 파워 업 맨이에요?"

"그래."

"얘들아, 여기 파워 업 맨 있다. 사인받자!"

꼬마가 소리를 지르자 다른 선수들에게 사인을 받으려고 줄을 서 있던 아이들이 모두 삼열에게 몰려들었다. 그 모습을 보고 선수들이 중얼거렸다.

"쳇, 저 녀석이 돈으로 꼬마들을 꾄다는 그 녀석이군."

"이건 메이저리거의 수치야, 수치."

아이들을 빼앗긴 선수들은 푸념을 터뜨렸다. 삼열은 옆에서 그 소리를 들었지만 아랑곳하지 않고 아이들에게 사인을 해주었다.

"자, 이제 사인들 받았으니 힘차게 외치는 거다. 알지?"

"알아요. 파워 업!"

"행복한 표정으로 외치면 정말 너희가 힘들 때 힘을 줄지도 몰라."

"정말요?"

"그럼. 자, 그럼 다시 한 번 외친다. 행복하게 파워 업!"

"파워 업!"

"파워~ 업!"

삼열은 한 번밖에 외치지 않았지만 아이들은 신이 나 사인지를 흔들며 연신 파워 업을 외쳤다.

시간이 지나 경기가 시작되었다. 삼열은 마운드에 올라가 1루 관중석을 바라보며 외쳤다.

"파워 업!"

그러자 아이들이 모두 벌떡 일어나 따라 외쳤다. 주심은 허탈하게 웃었다. 경기 플레이를 외친 상태가 아니니 경고 주기도 곤란했다.

그리고 그것이 또 애매한 것이, 대상이 어린이였기 때문에 더 그랬다. 아이들이 좋아서 따라 외치는 선수를 제재한다면 욕이란 욕은 다 들을 것이 너무나 뻔했기에 맥도널드 퍼거스 주심은 눈을 다른 곳으로 돌려 외면했다. 그리고 자신도 속으로 따라 외쳐 보았다.

'파워 업!'

아이들의 열렬한 응원을 받으며 마운드에서 삼열은 공을

던졌다.

펑.

공이 날카롭게 날아가자 상대 타자가 꼼짝을 못 하고 서서 스트라이크를 당했다. 초구가 스트라이크 되자 관중석의 아이들이 좋아서 방방 떴다.

이러한 것은 파이어리츠 관중석의 꼬마들도 마찬가지였다.

시범 경기의 관중석은 이동하기 편하고 사람도 많지 않았다. 그래서 파이어리츠 응원석에 있던 아이들도 와서 삼열의 사인을 받아갔었다.

원래 아이들은 조금 유치해야 좋아하는 경향이 있다. 꼬마들이 뽀로로를 좋아하는 것도 다 그 안경에 속아서 그러는 것처럼 아이들은 삼열의 천 달러짜리 사인지를 받고는 그의 팬이 되어버렸다.

삼열은 두 번째 공을 컷 패스트볼로 던졌다. 공이 날아가다 타자 앞에서 뚝 떨어지며 옆으로 휘었다.

펑.

"스트라이크."

삼열은 다음에 포심 패스트볼을 던져 삼구 삼진을 시켰다. 관중석에서 환호가 터져 나오자 삼열은 씨익 웃으며 그쪽을 바라보고는 다시 파워 업을 외쳤다.

약발이 먹힐 때 단단히 자신의 팬으로 만들어 놓아야 하는 법이다.

삼열의 전력 투구에 파이어리츠 타자들은 속수무책이었다. 사실 시범 경기는 컨디션을 체크하는 의미 외에는 그다지 큰 비중을 두지 않는지라 선수들로서는 시즌 중에서나 간혹 볼 수 있는 강속구가 날아오자 꼼짝을 못한 것이다.

3이닝을 던지자 감독은 삼열을 더 볼 것도 없이 마운드에서 내렸다. 삼열은 내려가면서도 파워 업을 다섯 번이나 해서 결국 주심의 경고를 받고야 말았다.

더그아웃에 돌아오자 선수들이 축하를 해줬다. 비록 3이닝이지만 퍼펙트 투구였다.

"어이, 파워 업 맨. 수고했다."

"파워 업 맨, 수고했어."

선수들이 모두 지나가며 그의 등을 두드려 줬다.

'성공했군. 그럼 샘슨 사에 연락해서 돈 벌 궁리를 해야겠군. 뿌린 것은 모두 거둬들여야지. 가만있자, 사인을 그동안 137장 뿌렸으니 13만 7천 달러를 뿌렸군. 뿌린 만큼 거둬야지. 하하하, 사람은 역시 머리를 써야 해.'

삼열은 돈을 쓰고도 흐뭇하게 웃었다.

메이저리그에 올라가거나 40인 로스트 안에 들면 최저 연봉이 41만 달러에 달한다.

그중 상당 부분을 사인으로 날렸지만 그것은 5년 후의 일이고, 또 모든 아이가 사인지를 들고 와서 천 달러를 받아가지도 않을 것이다. 일부 아이들은 잃어버리거나 또는 기념으로 보관할 것이다.

그러니 삼열은 남는 장사라고 생각했다. 그런데 다른 선수들은 그가 남발한 사인지의 숫자를 듣고는 비웃기 바빴다.

*   *   *

삼열은 메이저리그에서 시즌을 시작하게 된다는 통지를 받고서 호텔에서 방방 떴다.

마이너리그 계약을 한 지 1년도 안 되어 당당히 메이저리그로 올라가게 된 것이다.

그만큼 컵스의 마운드가 붕괴되었다는 것을 의미하기도 했지만 삼열의 실력을 구단이 인정했다는 의미이기도 했다.

삼열은 집으로 돌아와 하루를 쉬고 샘슨 사의 직원을 만났다.

"데이비드 오발로라고 합니다."

"삼열 강입니다."

삼열은 데이비드에게 자리를 권했다. 그리고 오렌지 주스를 내왔다. 데이비드는 목이 말랐는지 주스를 벌컥벌컥 마셨다.

삼열은 그에게 다시 한 잔을 더 줬다.

"삼열 강, 상표 등록을 하고 싶다고요?"

"네, 나중에 제가 인기를 얻게 되면 티셔츠나 피규어를 만들어서 팔려고 합니다."

"아~ 그건 대체로 전문 대행사를 이용하시면 될 것입니다."

"그래도 특허 출원이나 상표 등록은 제 이름으로 하고 싶습니다."

"뭐, 그거야 어려운 일은 아니죠. 하지만 서류도 만들어야 하고, 조금 시간이 걸릴 것입니다."

"가능한 한 빨리 만들어 주세요."

"도대체 어떤 것을 상표 출원하시려고 하시는 것입니까?"

삼열은 데이비드의 말에 일어나서 파워 업을 외쳤다. 그 모습을 본 데이비드는 입을 떡 벌리고 다물 줄을 몰랐다.

"지금 그거 비웃으시는 건가요?"

"헉! 그건 아닙니다. 그렇게 생각하셨다면 사과드리겠습니다. 다만 무엇을 하시려는지……?"

삼열이 데이비드를 노려보자 그가 정식으로 사과했다. 삼열은 차분하게 자기 생각을 이야기했다. 구단에서 티셔츠를 만들어 파는데 삼열은 자신만의 티셔츠를 팔고 싶다는 말을 했다.

"그게 사업성이 있을까요?"

"판단은 제가 합니다. 들어가는 비용이나 청구해 주세요. 상표 등록은 광범위하게 해주시고, 디자이너를 물색해서 디자인도 맡기시고요."

"알겠습니다. 일을 추진하다가 의문이 생기는 점이 있으면 연락을 드리도록 하겠습니다. 좋은 디자인이 나오도록 최선을 다하겠습니다."

데이비드는 아까 자신이 삼열의 마음을 상하게 한 것 같아 기분이 좋지 않았다. 상대는 메이저리그를 1년도 안 되어 올라간 초특급 우량고객이었다. 3년이 지나 연봉 조정 신청이 가능해지면 회사에 엄청난 수익을 안겨줄 고객이다.

데이비드가 돌아가자 삼열은 웃으며 중얼거렸다.

"구단만 좋은 일 시킬 수야 없지."

삼열은 확신했다. 샘 잭슨을 만나고 나서 구위가 한층 무거워지고 빨라졌다. 게다가 공이 날아가다가 예리하게 각이 꺾이는 것이, 느낌이 아주 좋았다. 구질이 노출되기 전까지는 거의 퍼펙트하게 할 자신감도 생겼다.

이 모든 것이 거저 생긴 것은 아니었다. 엄청난 노력의 결과물이었다.

'미카엘이 주고 간 안테나도 이제 연구해야 하는데.'

삼열은 시간이 없어 안테나를 연구하지 못한 것이 못내 아쉬웠다. 그렇다고 다급한 것은 아니었다. 미카엘이 남기고 간 문명은 이 세상에 존재하지 않는 상급 기술이었으니까.

"하하하, 잘되면 좋고 안 돼도 뭐 어때. 난 젊고 시간은 아직 많아."

삼열은 유명한 메이저리거들의 비참한 말로를 책을 통해 배웠다.

사람들에게 사랑을 많이 받아 큰돈을 번 그들은 흥청망청 낭비하다가 은퇴를 한 후에는 밥 사 먹을 돈조차 없이 비참하게 생을 마감하는 경우가 적지 않았다.

명예의 전당에 오른 후 피터 알렉산더가 한 말이 대표적인 예다.

─명예의 전당에 올라 기쁘고 영광스럽다. 그러나 명예의 전당을 뜯어먹고 살 수는 없지 않은가?

연예인들이 자꾸 부업에 신경을 쓰는 것도 수입의 불안정성 때문이다. 삼열은 야구 선수들도 그와 비슷하다고 생각하고 있었다. 그래서 다른 부수입을 생각하는 것이다.

아버지가 물려주신 재산을 작은아버지에게 빼앗기고 연금으로 겨우 먹고살았던 삼열은 어릴 때부터 돈의 위력을 남들보다 빨리 깨달았다.

다달이 나가는 아파트 관리비와 전기세 같은 공과금, 부식비 등등을 어릴 때부터 신경 써야 했으니 경제관념이 일찍부터 생길 수밖에.

　"후후, 이제부터 앞만 보고 달려가면 되나?"

　삼열은 이틀 후에 개막될 메이저리그에 대한 기대로 잔뜩 부풀었다.

　딩동.

　"누구지?"

　삼열이 문을 열자 거기에는 마리아가 환하게 웃고 있었다. 의외의 손님에 삼열이 깜짝 놀랐다.

　"삼열, 반가워요."

　"아, 네."

　"들어가도 되나요?"

　"네, 들어오세요."

　마리아는 큰 짐을 두 개나 들고 왔다.

　"이게 뭔가요?"

　"이사하려고요."

　"이사요?"

　"네, 시카고 컵스에 취직했거든요."

　"와, 축하드려요."

　"고마워요."

마리아가 삼열에게 윙크했다. 삼열은 웃으며 말했다.

"그런데 집은 구하셨어요?"

"네, 여기요."

"아, 네……?"

"전에 그랬잖아요. 이곳에 올 수 있으면 이 집에 있어도 된다고요."

삼열은 그제야 자신이 실수한 것을 알고 손으로 머리를 쳤다. 한국인의 의식으로는 직장을 쉽게 바꾸지 못한다고 생각해서 그렇게 말했다. 그런데 여기가 미국이라는 사실을 간과한 것이다.

"그럼 여기 있을 것인가요?"

"네, 당연히요. 뭐 하로 힘들게 집을 얻으러 다녀요? 여기 있으면 되지. 이 집 넓잖아요."

마리아의 말대로 집이 넓긴 넓었다. 하지만 그녀의 출현은 예상치 못한 일이었다. 미인과의 동거가 그다지 반갑지는 않았다. 사람이 그립기는 했지만 이렇게 아름다운 여자는 부담스럽다.

하지만 자신이 실수했으니 마리아에게 당장 나가라고 할 수도 없었다. 사실… 그동안 혼자 외롭기도 했다.

'저번에 보니까 나의 나이스한 바디에 반응을 했었어. 그러면 그쪽 방면으로 밀고 나가야지.'

마리아는 자신을 귀찮아하는 삼열의 모습을 보며 은근히 주먹에 힘이 들어갔다. 삼열의 얼굴은 정말 한 대 패주고 싶은 얼굴이었다.

'내가 사랑을 구걸할 줄은 몰랐어. 그러니 반드시 넘어뜨리고 말 거야. 나도 오기 있는 여자라고, 흥!'

삼열은 자신의 어정쩡한 태도가 마리아의 승부욕에 불을 댕기는지도 모르고 속으로 난감할 뿐이었다. 더욱이 상대가 여자라 함부로 말하기도 어려웠다. 게다가 마리아는 엄청난 미인이기까지 하니 말이다. 그게 아니었다면 그의 성격상 쌍욕을 바가지로 했을 것이다.

"삼열, 나 어떤 방 써요?"

"아, 중간에 있는 방을 쓰세요. 그게 그래도 남아 있는 방 중에는 가장 커요."

"고마워요, 삼열 씨."

마리아는 집이 마음에 들었다. 그녀의 집보다는 훨씬 작지만 전에 삼열과 같이 살았던 집보다는 배나 컸다. 그래서 그녀가 묵게 될 방도 상당히 넓은 편이었다.

"음, 역시 가장 큰 방이 아니라서 방에 욕실이 없군."

마리아는 방에 욕실이 없는 것을 보고 미소를 지었다. 방에 샤워 부스라도 있으면 은근히 삼열을 유혹할 방법 하나가 없어진다.

그녀는 샤워한다고 하면서 오며 가며 삼열에게 노출을 시도해 볼 생각이었다.

"뭐, 마돈나만 섹시하란 법은 없지. 나도 섹시하다고. 안 해서 그렇지."

마리아는 거울을 보며 입술을 쭉 내밀고 도도한 표정을 지어 보였다. 섹시하기보다는 귀엽고 아름다웠다.

"봐, 섹시하잖아."

섹시한 모습이 뭔지 그녀는 제대로 모르는 것 같았다. 도발적인 표정을 지어야 하는데 워낙 미모가 받쳐 주니 그런 표정조차도 사람들에게는 예쁘게 보인다.

"삼열 씨가 술을 먹어야 자빠뜨리기 쉬운데. 나만 먹으면 그건 만행이 되는 거고. 또 술 먹고 덤볐는데 거절당하면 그건 정말 수치스럽단 말이야. 그리고 야구를 위해 술을 안 먹겠다고 하는 신념은 당연히 존중해야 해."

사실 마리아는 남자를 유혹하는 법을 몰랐다. 이번이 처음으로 남자에게 대시하는 것이라 그녀가 하는 것들은 어설프기 그지없었다.

그녀의 가방 깊숙이에는 '남자를 유혹하는 44가지 방법'이라는 책이 숨겨져 있었다.

마리아는 짐을 대충 풀어놓고 거실로 나왔다. 넓은 거실에서 삼열이 주로 운동을 하기 때문이었다.

"삼열 씨, 우리 저녁은 밖에서 먹어요. 오늘은 입주 기념으로 내가 살게요."

"공짜예요?"

"네."

마리아는 삼열이 은근히 공짜를 좋아하는 것을 알고 있었다. 물론 식사값을 자신이 내야 한다고 한동안 주장하기는 했지만 그는 유난히 공짜를 좋아했다.

그것은 삼열이 어려운 시절을 보내왔기 때문이다.

소시지를 사도 1+1이나 사은품이 없는 것은 사지를 않았다. 당연히 요구르트나 과일도 공짜로 하나 더 주는 품목을 사곤 했다. 지금은 부자가 되었지만 그때의 습관이 아직도 남아 있었다.

"그럼 좋아요. 하지만 다음에는 제가 살게요."

"네, 그래요."

마리아는 속으로 '데이트 신청하는 거죠?'라는 말을 하고 싶었지만, 분위기 좋은데 그 말을 하면 초를 칠 것 같았다.

"그럼 레스토랑 예약할게요."

"네."

삼열은 뭐든 알아서 하는 마리아가 친구 같아 편했다. 시즌 개막을 앞두고 집에서 쉬고 있었는데 낮에 마리아가 찾아왔다. 그리고 이제는 룸메이트가 되어 버렸으니 삼열도 마리아를 배려하지 않을 수 없다.

삼열이 저녁을 같이 먹자는 자신의 제안에 동의를 해주자 마리아는 입가에 미소를 띠며 자신의 방으로 들어가서 한동안 나오지 않았다.

그녀는 방 안에서 멋지면서도 섹시한 옷을 고르느라 정신이 없었다. 그중 몇 개는 비싼 돈을 주고 새로 구입한 것들이었다.

"라라라라라랄라."

마리아는 콧노래를 부르며 옷을 입었다 벗었다 했다. 그럴 때마다 봉긋한 가슴과 아름다운 엉덩이가 나타났다 사라졌다를 반복했다.

"이게 좋겠어."

마리아는 옷을 갈아입기 전에 샤워하고 화장을 해야겠다고 생각을 했다. 그녀는 일부러 욕실 문을 잠그지 않았다. 샤워가 끝나자 욕조에 따뜻한 물을 담아 몸을 담그고 싶어졌다. 아침부터 비행기를 타고 오느라 서둘렀기에 조금은 피곤했다.

물소리가 멈추고 주위가 조용해지자 잠이 들 것 같았다. 그때 문이 열리고 삼열이 불쑥 들어왔다.

"앗, 미안해요."

삼열은 마리아를 보고 급히 사과했다. 욕조에 누워 있다가 깜짝 놀란 그녀가 몸을 일으켰던 것이다.

"아, 괜찮아요. 호호."

당황하는 삼열을 보고 마리아가 재미있다는 듯이 웃었다. 그녀의 적나라한 가슴과 굴곡진 곳을 보게 되자 삼열은 머리를 감싸고 자신의 방으로 도망갔다.

"오 마이 갓, 또 보고야 말았어!"

이번에는 치명적이었다. 거품이 묻은 그녀의 몸은 전에 슬쩍 본 것보다 더 자극적이고 강렬한 인상을 남겼다.

그사이 자신의 멍청한 그것이 또 잔뜩 뿔이 나 있었다. 무엇보다 마리아는 가슴이 컸다. 잘록한 허리를 가진 그녀가 어떻게 그렇게 큰 가슴을 가졌는지 의아할 정도였다.

삼열은 한동안 거실 러닝머신 위에서 뛰고 또 뛰었다. 다행히 삼열이 우스운 모습으로 뛰는 동안 마리아는 욕실에서 나오지 않았다. 그러자 욕념이 점차 사그라졌다.

"봤겠지?"

마리아는 욕실에서 소리 없이 웃었다.

그녀는 자신의 몸매에 대단히 자신감을 가지고 있었다. 자신이 반한 남자가 아니었다면 이렇게 안달이 난 상태로 벗은 몸을 절대로 보여주지 않았을 것이다. 그러나 상대는 자신에게 관심이 없으니 이렇게라도 할 수밖에 없다.

상대의 약한 부분을 공략하는 것은 남녀 교제의 기본이다. 허영심이 많은 여자에게는 명품백을 사주면 되고 지적인 여자에게는 철학과 인생을 논하면 된다.

그럼 야구에 미친 남자에게는?

답이 없다.

그래서 가장 자신 있는 것을 생각해 보니 예쁜 몸매가 생각났다.

게다가 저번에 자신의 벗은 몸을 보고 삼열이 격하게 반응하지 않았는가. 그래서 치밀하게 계획을 세운 것이다.

물론 욕조에 가만히 있다가 놀란 척 일어난 것도 다 계획적이었다.

조금 자존심이 상하는 일이지만 지금은 남자의 집까지 쳐들어온 상황이라 이것저것 살필 경황이 없었다.

유혹하지 못하면 망한다는 심정으로 삼열의 집에 들어온 것이다.

'반드시 내 남자로 만들고 말 거야.'

이제는 오기가 생겨 처음처럼 그를 객관적으로 파악할 수도 없게 되었다. 그냥 눈만 감으면 삼열의 얼굴이 떠올라서 다른 생각을 못 할 정도가 되었다.

'쳇, 누구에게 말할 수도 없고. 내가 먼저 빠졌다고는 절대

말하지 않을 거야.'

마리아는 객관적으로 아무리 자신이 예뻐도 삼열이 꼭 자신을 사랑해야 할 이유는 없다고 생각하였다. 사랑은 인연이 닿아야 한다.

서양에서는 큐피드의 화살에 맞아야 사랑이 이루어진다고 생각한다. 뭔가 가슴에 콱 하고 박히지 않으면 할 수 없는 게 사랑이라고 생각을 하는 마리아가 나지막하게 한숨을 쉬었다.

'문제는 큐피드의 화살이 멀리 날아가지는 못한다는 거지.'

이것이 마리아가 직장을 레드삭스에서 시카고 컵스로 옮긴 이유였다.

마리아는 씻고 나와 정성껏 화장했다. 그리고 아까 골라놓은 옷을 입고 위를 스카프로 살짝 가렸다.

거울을 보니 제법 마음에 들었다. 마리아는 환하게 웃으며 전의를 불태웠다.

그녀는 거실로 나와 여전히 운동하는 삼열에게 말했다.

"삼열 씨, 이제 가요."

"네, 잠시만 샤워 좀 하고요."

고개를 든 삼열은 순간 자신의 눈을 의심할 정도로 놀랐다. 지금의 마리아는 조금 전에 본 그녀가 아닌 것 같았다.

"어, 마리아 양 맞죠?"

"그럼요."

삼열은 마리아가 웃자 머릿속에 있던 전구가 하나 꺼진 듯 정신이 없어졌다.

"잠깐만 기다려요."

삼열은 자기의 머리를 손으로 쳤다. 잠시 러닝을 한다고 한 것이 버릇대로 뛰었던 것이다.

삼열은 자신의 방으로 들어가 샤워하고 외출복으로 갈아입었다. 마리아가 드레스를 입었기에 그에 맞추려고 위에는 재킷을 걸쳤다.

"와, 멋있어요."

"마리아도 아름다워요."

"정말요?"

"네."

"우리 이제 가요."

마리아는 삼열의 팔짱을 끼고 집을 나왔다. 운전은 마리아가 하기로 했다. 그녀가 이곳 지리를 더 잘 알고 있었기 때문이다.

레스토랑에 도착하자 수많은 남자의 눈길을 받으며 마리아는 태연하게 삼열의 팔짱을 끼고 자리에 앉았다. 웨이터조차도 그녀의 미모에 잠시 놀라 멍하게 있었다.

저녁을 먹으며 마리아는 말을 많이 했다. 약간 흥분도 되었고, 삼열이 성격이 밝은 여자를 좋아한다는 점을 알고 있었기 때문이다.

음식이 나오자 마리아는 스카프를 벗어 옆자리에 잘 개어 놓았다. 스카프가 사라진 마리아의 옷은 아주 아름다운 드레스였다. 하지만 많이 파인 옷이라 가슴의 일부가 살짝 보이기도 했다.

'됐어. 이제 나에게 빠지는 것은 시간문제야.'

마리아는 삼열이 말을 할 때 더 열심히 듣고 맞장구치며 웃었다.

정말 즐겁게 식사를 하고 돌아온 두 사람은 가볍게 차를 마셨다. 그리고 곧 삼열은 내일 일찍 일어나야 한다며 자신의 방으로 들어가 문을 잠가 버렸다.

마리아는 급하게 사라진 삼열의 방문을 보다 천천히 자신의 방으로 들어갔다. 그리고 두 손으로 머리를 잡았다.

"아이, 왜 안 넘어오는 거야."

그녀는 침대 옆에 주저앉아 매트리스에 머리를 박아대기 시작했다.

"왜! 왜 안 넘어오는 거냐고!"

삼열은 방문을 잠그고 열심히 손을 움직였다. 낮에 본 그녀의 알몸과 살짝 파인 옷을 입은 그녀의 매력적인 모습에 도저히 참을 수가 없었던 것이다.

"젠장, 왜 난 이 모양인 거야?"

그는 자신의 손을 보며 씁쓸하게 웃었다.

"젠장."

삼열은 마리아를 생각하며 신음을 터뜨렸다. 그는 쓰러지듯 침대에 누워 그대로 잠이 들었다.

마리아는 아침 일찍 일어나는 삼열이 늦자 주방에서 요리하기 시작했다. 냉장고에 있는 재료를 이용하여 간단한 샐러드와 샌드위치를 만들고 스테이크를 굽고 감자를 오븐에 넣어 익혔다.

아침으로는 과한 분량이기는 하지만 아침도 꽤 많이 먹는 삼열의 식성을 배려한 것이었다. 요리가 거의 다 되어갈 즈음에 삼열이 나왔다.

"어서 와요. 거의 다 되어가요."

"어… 마리아가 아침을 준비한 거예요?"

"네, 뭐를 좋아하는지 몰라 간단하게 만들었어요."

식탁에 차려진 것을 보고 삼열의 입이 벌어졌다. 간단하게 차렸다더니 종류와 양이 상당히 많았다.

"와우, 대단한데요. 놀랐어요."

"저 요리 잘해요. 이제부터 삼열 씨 아침은 제가 만들어 줄게요."

"아, 네. 고마워요."

삼열은 마리아가 늘 외식을 하자고 해서 요리를 전혀 할 줄 모른다고 생각을 했다. 그런데 그게 아닌 모양이다.

마리아가 만든 샐러드와 샌드위치는 굉장히 맛있었다.

감자는 적당히 익었고 스테이크는 소스를 무엇으로 만들어 뿌렸는지 입에 착착 감겼다. 지금까지 맛본 것 중 최고의 아침을 먹은 것 같아 삼열은 기분이 좋아졌다.

그가 맛있게 먹는 모습을 보며 마리아는 주먹을 쥐고 속으로 예스를 거듭 외쳤다.

삼열이 구단으로 가고 난 후에 마리아는 특수 용기에 담긴 스테이크 소스를 냉장고 깊이 감추었다.

'내 실력은? 호텔 수석 주방장의 실력이지요, 호호호. 들키지 않게 조심해야지. 남자들은 냉장고를 잘 안 뒤지니 냉장고에 꽉꽉 채워 넣자.'

마리아는 시카고로 오면서 몇 가지 준비한 것이 있다. 그중 하나가 자신이 잘 아는 특급 호텔 주방장에게서 레시피를 얻어온 것이었다. 그리고 그에게 소스를 만드는 비법을 배웠다.

'소스가 떨어지기 전에 만들 수 있어야 할 텐데.'

마리아는 혀를 살짝 내밀고 웃었다. 어쨌든 오늘은 완벽하게 삼열을 속였다고 생각하자 재미있었다.

만약 소스를 만들지 못하면 또 어느 호텔 레스토랑의 주방장을 꾀어야겠다고 생각했다. 호텔에서 식사하고 난 뒤 주방장을 불러 팁을 주면서 솜씨를 칭찬하고 환하게 웃으며 부탁하면 이런 것을 얻는 것은 일도 아니었다.

"어쨌든 오늘은 성공!"

마리아는 행복했다. 시카고 컵스 구단으로 출근하려면 아직 일주일의 시간적 여유가 있었다.

그녀의 일은 선수들과 구단을 연결하는 디렉터로, 이사 바로 아래의 직급이었다.

그녀의 나이를 생각하면 상당히 높은 대우였다. 이전에 포틀랜드 씨 독스에서는 아직 그녀가 하버드에서 박사 학위를 받지 못했을 때였기 때문에 일반 직원 대우밖에 받지 못했다.

미국 사회는 학위에 대한 전문성을 인정해 주고 있다. 아이비리그 출신의 졸업생이 월가에서 환영을 받듯이 명문대 출신에 대한 대우가 상당하다.

이렇게 해도 사회적 물의가 없는 것은 육체적으로 하는 일의 보수가 낮은 편이 아니기 때문이다.

*　　　　*　　　　*

삼열은 구단에 출근하여 베일 카르도 감독에게 인사를 했다. 오늘은 열 시에 구단 관계자와 선수들이 모여 회의 겸 식사를 같이 한다.

삼열은 행사가 끝나고 뷔페에 나온 갖가지 화려한 음식들을 보며 입맛을 다셨다.

그때 레리 핀처가 다가와 웃으며 말했다.

"헤이, 파워 맨. 많이 먹어."

"응, 너도 많이 먹어."

"오케이."

성격이 까칠한 것으로 알려진 레리 핀처가 다가와 친한 척을 한다.

다른 선수들도 삼열이 조만간 팀의 에이스가 될 것으로 인식했는지 모두 반갑게 인사를 했다.

"오 마이 갓!"

"와이?"

"푸아그라까지 있잖아."

"이런 자리에선 기본으로 나오지. 먹어본 적 없어? 한번 먹어봐. 꽤 맛있다고. "

"난 사양이다. 입에 깔때기를 끼워 넣고 강제로 곡물을 넣어서 비정상적으로 키운 거위 간을 먹는 놈들은 미개인이야."

삼열의 외침에 모두 멍해졌다. 로버트는 푸아그라를 먹다가 접시에 살짝 내려놨다.

"커험, 젠장. 저놈이 나를 결국엔 미개인으로 만드는군."

로버트는 푸아그라를 아까워하며 속으로 중얼거렸다.

'저놈이 인종 차별로도 모자라서 이제는 프랑스 놈들을 미개인으로 만드는군. 역시 우리 도미니카 공화국이 최고지.'

한동안 소란은 있었지만 별다른 일은 발생하지 않았다. 삼열이 서서 누가 푸아그라를 먹나 두 눈을 시퍼렇게 뜨고 지켜보고 있으니 선수들도 먹기가 부담스러워져 다른 음식들을 먹었다.

식사를 마치고 삼열이 연습장으로 사라지자 모두 다 그를 욕하기 시작했다.

어린놈이 버릇이 없다, 누구는 그럼 미개인이냐, 괜히 푸아그라를 먹지 못했다 등등. 그러나 누구 하나 삼열의 앞에서 말하지 못했다. 괜히 이상한 놈 건드려서 똥 되고 싶지는 않았던 것이다.

레리 핀처만이 미소를 지었다. 그가 푸아그라를 한 접시 들고 식탁으로 간 다음에 삼열이 그런 말을 했었기에 그는 느긋하게 거위의 간을 음미하며 먹을 수 있었다.

불만이 많지만 그 누구도 삼열을 건드리지 않는 것은 그들 모두 삼열의 엄청난 훈련을 마음으로 깊이 인정하고 있었기 때문이다.

　저렇게 지독하게 훈련을 하는 놈과 나쁜 일로 엮이면 뒤가 좋지 않다는 것을 그들도 알았다. 또 삼열이 뒤끝 안 좋은 성격의 소유자라는 말도 간간이 들려왔기 때문이다.

　삼열 자신만 몰랐지, 이미 그는 시카고 컵스의 명물이 되어 있었다.

『MLB—메이저리그』 5권에 계속…

초대형 24시 만화방

신간 100%, 샤워실, 흡연실, 수면실(침대석), 커플석, 세탁기 완비

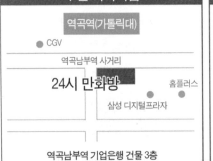
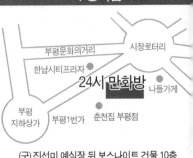

월야환담

채월야 · 홍정훈 장편 소설

내일을 향해 쏴라

김형석 장편 소설

FUSION FANTASTIC STORY

1만 시간의 법칙!
'성공은 1만 시간의 노력이 만든다' 는 뜻이다.

그러나…
사회복지학과 복학생 수.
전공 실습으로 나간 호스피스 병동에서
미지와 조우하다.

1만 시간의 법칙?
아니, 1분의 법칙!

**전무후무한 능력이 수에게 강림하다!
맨주먹 하나로 시작한 수의
인생역전이 시작된다!**

Book Publishing CHUNGEORAM

유통이 아닌 자유추구 -
WWW.chungeoram.com

승유 퓨전 판타지 소설
FUSION FANTASTIC STORY

환생마법사
Magician return

빠져나갈 수 없는 환생의 굴레.
그는 내게 마지막 기회를 주었다.

"이 세계의 정점이 된다면…
네가 살던 곳으로 돌려보내 주겠다."

대륙 최고를 향한 끝없는 투쟁.
100번째 삶.

더 이상의 실수는 없다.

현대 소환술사

THE MODERN SUMMONER

FUSION FANTASTIC STORY

현윤 퓨전 판타지 소설

하늘이 무너져도 솟아날 구멍은 있다!

드래곤의 실험으로 모진 고난을 겪어야 했던 레비로스!
우여곡절 끝에 소환술사가 되어 최강의 자리에 오르지만
운명은 그를 나락으로 떨어뜨린다.

『현대 소환술사』

다시 한 번 주어진 삶!
그러나 그마저도 암울하기 그지없는데……

소환술사 레비로스의
인생 역전이 시작된다!

Book Publishing CHUNGEORAM

유행이 아닌 자유추구
WWW.chungeoram.com

FUSION FANTASTIC STORY

말리브해적 장편소설

MLB
메이저리그

Book Publishing CHUNGEORAM

이경영 판타지 장편소설

FANTASY FRONTIER SPIRIT

그라니트

용들의 땅

G R A N I T E

사고로 위장된 사건에 의해 동료를 모두 잃고 서로를 만나게 된 '치프'와 '데스디아'.
사건의 이면에 상식을 벗어난 음모가 있음을 알게 된 둘은
동료들의 죽음을 가슴에 새긴 채 각자의 고향으로 돌아간다.
2년 후, 뜻하지 않게 다시 만난 두 사람은 동료들의 복수를 위해
개척용역회사 '그라니트 용역'을 설립해 다시금 그 땅을 찾게 되는데……

용들이 지배하는 땅 그라니트!
그곳에서 펼쳐지는 고대로부터 이어지는 운명적 만남,
깊어지는 오해, 그리고 채워지는 상처.

『가즈 나이트』시리즈 이경영 작가의 미래형 판타지 신작!

Book Publishing CHUNGEORAM

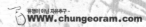

유행이 아닌 자유추구 –
WWW.chungeoram.com